海の詩集

若宮明彦
佐相憲一
編

コールサック社

『海の詩集』

目次

Ⅲ　海の詩――現代その二

Ⅳ 海の詩——現代その三

Ⅴ　海の詩　――いまは亡き名詩人――

海の詩集

Ⅰ

海の詩論

――編者のことば――

潮風のローマンス

若宮　明彦

地球儀をぐるりと回して、北半球を眺めてみよう。次にわたしたちになじみ深い北太平洋の周辺をじっくりと見てみよう。キリのいいように北半球の赤道と北極を二分した北緯四十五度線をたどってゆくと、日本列島の北方の島、かつてエゾ地とよばれた北海道へとたどりつく。本州とサハリン（樺太）に挟まれた北海道は、北東を頭としたイトマキエイのように元気よく飛び跳ねている。知床半島・根室半島が頭、渡島半島が尾にあたるとすれば、左右のヒレが宗谷岬と襟裳岬にそれぞれ相当する。

それにしても日本列島は南北に長い。南北三千キロメートルに連なる花彩の島々。珊瑚礁に彩られた東シナ海から、流氷が押し寄せるオホーツク海まで、多様性に富む景観と豊穣な生物が連続する。列島の面積では大陸の大国とは比較にならないが、海岸線の長さではむしろそれらをしのいでいるといえよう。四方を海に囲まれ、海岸線に縁どられたことが、良くも悪くも日本列島の風土を育んできたのだ。

それでは海岸線の一番長い都道府県はどこだろうか。計り方にもよるのだろうが、最も面積が広く周りを海に囲まれた北海道が一番であるのは妥当なところであろう。しかし、北海道の海岸のユニークなところは、距離的な長さというより、性質の異なる海に取り囲まれているということだ。北海道は、日本海、オホーツク海、太平洋というそれぞれの特徴をもった三つの海と接しているが、このような都道府県は北海道以外にはない。

日本海は、北太平洋西側の縁海で、サハリン、北海道、本州、九州、ユーラシア大陸の北朝鮮、大韓民国、ロシア連邦に囲まれている。大陸と樺太の間の間宮海峡（タタール海峡）、樺太と北海道の間の宗谷海峡でオホーツク海と繋がっており、北海道と本州の間の津軽海峡では太平洋と、九州と対馬の間の対馬海峡、対馬島と韓国の間の朝鮮海峡で東シナ海と繋がっている。海峡の水深が浅いため外海との海水の交換は少なく、唯一対馬海峡から対馬海流が流入するのみである。そして対馬暖流の流入は日本列島の湿潤気候や多雪に影響を与えている。

オホーツク海は、北海道の北東側にある縁海である。千島列島・カムチャツカ半島によって太平洋と、樺太（サハリン）・北海道によって日本海と隔てられている。「オホーツク海」の名称は、この海に面している最初に建設されたロシアの入植都市・オホーツクに由来するという。三方をユーラシア大陸に囲まれており、南に千島列島を通じて太平洋と結ばれている。オホーツク海の平均水深は八四〇メートルで、南へ向かうに連れて深くなるという。アムール川（黒龍江）の水が流入する河口付近では塩分の濃度が低く、密度成層が強くなるため冬季には厳しい寒気団であるシベリア高気圧の影響も受けて海氷が形成される。オホーツク海が北半球の海氷が分布する海域で最も低緯度であるのは、このアムール川の河川水の流入によるところが大きい。

太平洋は、世界最大の海洋である。大西洋やインド洋とともに、三大洋の一つである。十六世紀初め、探検家のフェルディナンド・マゼランが、世界一周の航海の途上でマゼラン海峡を経て太平洋に入った時に、荒れ狂う大西洋と比べたその穏やかさに、〈平和な海〉と表現したことに由来する。アジア（あるいはユーラシア）、オーストラリア、南極、南北アメリカの各大陸に囲まれ、日本列島も太平洋の周縁部に位置する。その面積は全地表の約三分の一にあたる。大きく赤道付近から北太平洋、南太平洋と区別することも多い。太平洋には大西洋のような大規模な対流はない。主な海流に黒潮、親潮、カリフォルニア海流、北赤道海流、ペルー海流（フンボルト海流）などがある。

岐阜県出身の山育ちのわたしにとって、子どもの頃から常に海はあこがれであったような気がする。わたしの故郷瑞浪市は、まさしく「瑞」と「浪」が合わさったように、はるか千五百万前（新第三紀中新世）には、〈古黒潮〉に洗われる渚であった。そうだとすれば、太古の海水に由来する産湯につかったわけで、知らぬ間に海への憬れが刷りこまれたとしても不思議ではない。そんなことを考えてみると、子どもの頃から海辺の石ころや貝殻に異常に引きつけられたこととも合点がゆく。

そういえば、フランスの歴史家ミシュレは、「地理学はまず海からはじめられる」と古典的名著『海』（*La Mer*）で語ったが、海からはじまるものはあまりにも多いような気がする。最古の岩石も、最古の生命も、はじまりの言葉さえも海にオリジンがあるのではないだろうか。四十六億年の歴史を背負う地球を、太陽系唯一の水惑星として存続させているのは、四〇億年前に誕生した〈原始海洋〉そのものにほかならない。

さてすこしでも海を知ろうと思うならば、実際の海を眺めにゆくことだ。パソコンやＤＶＤの中の映像や波音も悪くはないが、決定的に欠けているものがある。それは潮風の匂いであり、また潮風が頬を叩く感触である。さらに三十七パーミルの塩分濃度をもつしょっぱさはまさしく海そのものだ。五感で感じないと、海のもつ本当のすごさはわからないだろう。

そしてできれば改変されていない自然海岸をひたすら歩く。円弧につらなる開けた砂浜ならば最高だ。海を見て、陸を見て、水平線の彼方を見る。それだけでもこころや身体が軽くなるだろう。いわゆる海岸浴というやつだ。浜歩きになれてきたら、汀線に沿って浜辺をじっくりと歩いてみよう。波は繰り返し汀を洗い、様々な寄り物を運んでくる。南からはココヤシやアオイガイ、北からは浮き玉や流れ藻が流れ着くこともある。しかし、特に何かのお宝に巡り会わなくても良い。潮風に打たれ、波音を聞き、水平線に涙腺をあわせれば、失ってしまった何かがきっと戻ってくる。それは時間であり、空間であり、言葉であり、かけがえのない何かである。

ミシュレがたたえ、ヴェルレーヌが酔いしれ、ワーズワースが願い、カーソンが信じたものは、最後は海だった。折口信夫が心酔し、柳田国男が見つめ続けたのも海だった。先人の海へのはてしないオマージュは、まさしく〈潮風のローマンス〉とよぶことができようか。

海、港、詩

佐相　憲一

海と陸とヒト

　水が山や森や平野を通り、陸地の尽きたところに出ると、そこから先は海と呼ばれる。現在は土の表面になっているところも大昔は大洋の底だったりするし、いまは海底のところがかつては陸地だったりするから、海に関する場所はこの星の大部分と言っていいだろう。

　私たちヒトは酸素がないと生きていかれない。もっぱら陸地に暮らしていて、水上暮らしの部族にしても、川や海の水中ではなく、小屋や船などを工夫して空中に住んでいる。大津波や大洪水が暮らしを破壊する危険の中で。

　私たちはたびたび海を見つめる。

　すべてがそこから鼓動を始めた場所として。

　遠い祖先は何のために魚類をやめたのだろうか。そして、何のために両生類からもはみ出して、爬虫類でさえ満足できずに、夜行性小動物の苦労までしてやがて哺乳類へと転身していったのだろうか。

　確かなことは、いずれの時代も、変化していく地球環境のもとで、必死に生き延びてきたということだ。

　私たちが直立二足歩行を定着させて、かなりの時間が経過した。

　アフリカから地球の表面いっぱいにひろがっていった移住者たちは独自の文化をつくり、それぞれの環境の特徴や個性を遺伝子に付け加えていったが、その違いの大きさに負けないくらいの大きな共通性ももっていた。

暮らし方も地域感情も民族も文化も違うのに、海の向こうとこちらで手紙も電報もラジオもテレビも衛星通信もインターネットもなかった時代からの長い長い時間に、ヒトすなわちホモ・サピエンスは地球という柵のない動物園の一つの種として、いつしか人類を形成していった。

人類であると同時に、個人である。現代のヒトはその複雑な関係の中に生きている。

人類史

人類は喧嘩が絶えない種としてやっかいだった。

恐竜支配の時代とヒト支配の時代、相対的にどちらがましか、判断する客観的第三者はいない。なぜなら、そのスケールの脳髄をもつにいたったのはヒトだけだから。

人類の規模をもつにいたったヒトすなわちホモ・サピエンスは、その内部が細かい差異をもつ集団に分かれていて、さらには個人という強い差異をかかえている。

身体における差異と同じくらいに複雑なのは、心の差異であろう。彼らそれぞれが話したり書いたりする言葉というものや、それを通じて判明する脳の発信や内面すなわち心を見るならば、七十億通りくらいの枝分かれが確認できる。

よくもこんなに多様なヒトが共存してきたものだ。

実際、その困難は無数の残虐な戦争や、彼らが各地でつくっていった社会システムにおける衝突・争い・支配となって表面化した。

生き延びるための食物の奪い合いから始まって、土地の奪い合い、異性の奪い合い、などがあり、現在では、彼らヒトがつくり出して長く威力を発揮している金銭というものをめぐる生活格差、彼らがつくり出した宗教や思想というものの対立、あるいは長い歴史をさかのぼるように原初をむしかえす民族や出自などの対立、なども深刻である。ゲンシリョクというもののとりかえしのつかない開発による人間破壊もある。

エネルギーが大事だと言って、浴びたらヒトが死ぬものを推進している。

武器が発達しすぎて、とうてい使う予定のない武器までつくらないと企業がうるさいしくみになった。

世界の貧しいヒトたちに援助をと言って、足もとの貧しいヒトたちは放っておく。

愚かだと思うだろう。しかし、その愚かなところからいまだに抜け切れないのが、ヒトなのである。同時に、これではダメだと気づいて、新しい共存へ、脳髄思考と文明方向の新しい進化をとげようという向きを内部に増やしつつあるのも、ヒトである。

ヒトと詩、詩と文学

そんな人類は、詩というものを発生させ、長い間、愛好してきた。不思議なことに、地球いっぱいにひろがったいずれの地域にも、詩があった。

やがて互いの言語を理解しあって翻訳という技術によってそれぞれの詩を伝えると、これまた驚くことに、共感というものが成立して、豊かな個性を通じた類の内面的共通性が明らかになったのである。

詩はどこから生まれたのだろう。

狩猟採集や牧畜、農耕の作業のかけ声やうたなど労働の現場からだと言うヒトもいるし、呪術的なまじないやお祭りの声からだというヒトもいる。原初的な言葉の伝達そのものから生まれたかもしれないし、ひょっとして愛の告白からかもしれない。

私はそのいずれも当たっていると考える。これらの生き生きとした人間の発声が歴史的にいろいろまじりあって、詩の豊かさを形成していったのではないだろうか。

その想像は楽しい。

脈々と続き、さまざまに変化して、類の伝統と個の革新、地球中でヒトが残してきた詩という不思議なもの。

詩は小説よりも古くからあり、言葉を使った芸術ではおそらく最古のものと言えよう。言い方を変えれば、小説も戯曲も随筆も論説文も、すべては詩から始まったということだろう。

すべての文学の母、その詩には、当然、短歌・俳句・川柳や歌詞も含まれるし、中国の漢詩も西洋の伝統詩も中東の古典詩もすべて含まれる。

詩文学による心の人類的なつながり。

それは、人類の惨たらしい側面とは対照的な、ヒトに生まれた真の生き甲斐、真の感動ではないだろうか。

詩の港

詩が文学の母ならば、その詩をつくり出したヒトの生命の始まりは海である。

海にヒトが関わる場所が港ならば、詩はヒトの心の文学的な港である。

港にさまざまなヒトや文化が入ってきて、港からさまざまなヒトや文化が出ていくように、詩にはさまざまな心が入ってきて、詩からはさまざまな心が旅立っていく。

酸素と太陽を欲して私たちは陸に立っている。

多忙で複雑な現代社会。

その中でふと、忘れがたいふるさととして、海に帰りたくなる。

それは、漁業や商売や貿易や運輸をなりわいとして海男・海女を生きている人々だけではない。

多くの人々が海に出かけて、泳いだり、もぐったり、釣りをしたり、舟を出したり、波打ち際ではしゃいだり、じっと見つめて佇んだりするのだ。陸上に暮らしながら、いつも気になっている海の存在。

鳥の真似をして空を飛ぶことが遠い種へのあこがれの実現ならば、魚の真似をして海を行くことは遠い体の記憶の再現なのかもしれない。

そして、ヒトは港に集う。

ひろがる世界に向かって、人生の何かに向かって。

海の港にも、空の港にも、心の港にも。

心の港、それが詩だ。

原点

犯行現場に戻る犯人の心理に似て、私は詩的原点の港に帰る。

海にとりつかれてしまったのは、こどもの頃から横浜の港や湘南の砂浜で遠くを見つめていたからかもしれない。

海からは何が見えるだろう。

連綿と打ち寄せる多言語の合唱は水のダンス。

その形はさまざまで、好き勝手に踊るそれぞれが、どこか大きいところで有機的につながっている。

波音を聴きながら、地球のふところへ精神が解放される。

海は、少なくとも自分がこの星の子であることを教えてくれる。

人生の不安も、世界の激動も、海に来るとすべてがつながり、ちっぽけだと感じられていた存在が、重く受けとめられる。

かなしみは社会生活においては抑圧されることが多い。デジタルなハイペースの現代は、システムの日々更新をモットーとしているから、個人の非生産的な立ち止まりは歓迎されないばかりか、許されないことさえある。

最先端のホモ・サピエンスが、内面精神もコンピュータや自動車並みに操作しようとしても、ひとりひとりの人間は、動物であり、哺乳類であり、DNAに深く刻まれた海からの地球の生きものである。

進化をとげたとするならば、そのような血の通った生きものである自分を客観的に発見できる点にあるだろう。

キリンもゴリラも、愛したり、可愛がったり、悼んだりする温かい血をもっている。

そこから外れていくことが進化だと勘違いした人類が、キリンやゴリラの愛をさらに深めていくことこそが進化であると方向転換できるかどうか。

ホモ・サピエンスにだけ与えられた高い知能は、何のためにあるのか、その真価が問われる。

心。

内面の広大な宇宙。

そこに

ぽっ、と
かなしみ。
癒やし。
励まし。
希望。
怒り。
喜び。
勇気。
夢。

手渡されるものが、胸に灯る。
発せられたものが、波をうつ。
凍っていたものが、流れ出す。
立ちすくむものが、歩き出す。
受けとめられたものが、投げ返される。
孤立していたものが、手をつなぐ。
そっと、ひとりのヒトが、感じ入る。

それを、詩と呼びたい。

生きていることの大切さ、
そう言ってもいいかもしれない。
そして時代の汽笛が鳴って
詩の港から、人間が出航する。
詩の港へ、人間が帰港する。

Ⅱ

海の詩

——現代その一

國中　治（くになか　おさむ）

鷗の話

鷗の話を書くのは難しい　僕は自分では一度も書こうとしたことがないけれど　君の話を聞いてそう思った　鷗は人間より長生きだ　たぶんそれが一番の理由だろう

新しい物語を思いつくと　君はときどき話しにやって来たね　足の悪いおばあさんの車椅子を押して　鷗を肩にとまらせて　そうだ　君は鷗を飼っていたんだ　足首に紐を巻かれた鷗は　でも決して不機嫌には見えなかった　君が熱っぽく話す間　鷗は元気に草稿の上を歩きまわり　紙に穴をあけてしまうこともあった　そんな時　鷗は嘴をまるめ　白い鳩になったりした　そして間もなく逃げてしまった　君のおばあさんが紐を解いてやったのかもしれない　鳩が飛び去る前に　おばあさんもどこかへ行ってしまったのだから　けれども　君はまた別の鷗をつかまえてきて飼い馴らした

それを幾度くりかえしただろう　僕には鷗の見分けがつかなかったが　もちろん君は違った　鷗がかわるたびに新しくとてつもない鷗幻想譚の構想を練った君だもの　長篇の物語はひとつも完成しなかったけれど　短篇ならば町のなかにいくつもあった　海と川に囲まれた町だから　潮の満ち引きさえ物語だった　鷗が連れ立って水面近く飛び　夕靄に飛沫が匂うと　誰もが物語の登場人物だった頃を思い出すのだった　あの無人の燈台に灯がともる　そして鷗たちが集まってくる　君は一瞬息をとめて容易く鷗をつかまえた

君は二十歳になれなかった　町を離れていた僕に君のおばあさんが知らせてくれた　おばあさんは紐みたいな細い影を引き摺って　ある晩僕の部屋まで上ってきたんだ　足の病気は治ったんだろうか　いや本当はそんなことすっかり忘れていた　はっきり覚えているのは　鷗の行方なんて、と口惜しそうに呟いたおばあさんの声　今から考えると　白い鳩を逃がしたのはやはり君だったのかな　鳩になってし

まった鷗はもう物語をつづけられない――そういうことじゃないのかな
　鷗というのはあれでけっこう重いんだね　この頃僕は肩凝りがひどいんだ　君が残していった鷗はどこからやって来てどこへ帰ってゆくのか　もう白い鳩になることはないのだろう　闇夜にだけ僕の窓に飛んでくることがある　光のなかでは違うものに見えてしまうらしいから　僕は明かりを消したまま不機嫌そうに黙りこんだ鷗を自分の肩にとまらせておく　鷗は何か難しい問題を考えているんだ　僕は肩を揺することもできない　だから鷗が思索から覚めるまでの間　僕も考えてみることにした　君の物語に登場するのは人間ばかりなのに　なぜ「鷗の話」だったのかを

海の家

朝食を終えたばかりなのに
陽射しがつよくなって
ベランダのふくらみが耐えがたい
僕はノートに青インクのペンを挟んで立ちあがり
閉じた瞼を柱に押しつけ
寝室の壁に寄りかかったまま鼻血が
口から咽喉へすべりおちてゆく
のを想像する

海ハドコニ住ンデイルノ？
家さ　海にも家があるんだ
海ノ家？　ドコ？
ここだよ
ココニ住ンデルノ　ワタシタチ
じゃあ　僕たちが海だ

この庭にはあまり雑草が生えないらしい
だから蔭を楽しみながら
棕櫚を抜くことを考えはじめる
抜いたらどうしよう　もう一度植えてみようか
だめだろうな、たぶん
彩りのいい葉を選んで封筒に入れる
さて　誰に送ろう

海ジャナイヨ　ワタシタチ
海ノコト　何モ知ラナイヨ
自分のことは知らないんだ、みんな

町の家では
艶消しの屋根の波を越えて
高層ビルの鏡面が迫りあがり
窓の格子縞が空を正確に捕えていた
夕日もみずから夏の虫となってそのなかに沈み
いつか　危うく球面を保ちながら僕のそばに
蹲っていたこともあったが

知ラナイノ？　毎日会ッテイルノニ
自分に？
チガウヨ　海ニ　海ニ会ッテル

日向の土は乾ききって
水をやるはしから捲れてしまう
夕映えが去った庭のなか　あちこちに水溜まり
拒まれているのは土でなく

渇きに憩いたがる僕なのかもしれない
水の皮膚には空とつながる公の秘策がある
不定形の完璧な鏡面という通路がある

ココガ海ノ家ナラ
ワタシタチ　海ノ居候ダヨ
家主ノ海ハ　別ノ場所ニイルヨ

色硝子の破片をジャムの固まりと
見まちがえた　夜更けの伏せた皿の上に
指先に滲んだ血が流れだすまで　少し
時間がかかる
食卓に凭れ
まだ匂いにならない明るさを天井に捜している

海ノ家・地球ニ仮住マイシテイル　ワタシタチ
家賃モ払ワズ

コーヒーカップにゆるい波を汲み
食卓に置く
そのなかに工事現場から拾ってきたコンクリートの

かけらを落とす　朝の日課だ
誰も来ないから
部屋は不定形のままでいい
ゆれるから　鏡も要らない

海ハ
戻ッテクルカ

椅子に浅く腰掛け
僕はひとりで朝食をとる
それから本を二冊と青インクのペンと
黒インクのペンとノートを持ってベランダへ
ここに来てから一日たりと変えていない

もどってくるか、海よ
とノートに記しながら僕は　今日も呼ぶ
居候の分に従い　黙って海を　自分のなかに

シオマネキのつぶやき

どこから海は
逃れようとしているのだろう　くりかえし
海は　くりかえし　逃れようと
陸地に救いをもとめては　そのたび空しく
ひきもどされて　海に　逃れようと
くりかえし

海の前では

自分が海を見ている
ということを意識しすぎて
海を見ることに集中できない
海の前では
自分がいては

藤本　敦子（ふじもと　あつこ）

まひる

小石が透き通って見えた　一月の津軽石川。
少年はズボンを膝までまくり軍手をはめ　川に入った。
鮭は　美しい川を遡《のぼ》っていった。
ブナの森に　森が充ちている。
少年は父親を亡くしたばかりだった。ひとびとがさり気なく見守っているなか少年は鮭を捕る。鮭が抗うたび　脛がはがねのように張った。
ひかりの飛沫《しぶき》が　少年の顔に跳ねる。
少年は　大きな魚《うお》を　油断なくかかえなおすと
眩しく　さみしい河原へ　あがってきた。
くっきりと晴れた　まひるに。

海に行く道

駅からもう二〇分も歩いた
「海に行く道はこちらですか」
道行く人に訊ねればそうだと答える
歩き始めると追ってくる人がいる
家の中にいたら声がしたからと言って
案内を買って出てくれる
背のひくい皺くちゃな笑顔
昔　みたいな人
以前来たときは速足で通りぬけた道が
そろそろ着くころと思っても
まだ着かない
歩きながら

「うぅん」
「ああ」
足が地べたと対話しているのだ
体力が衰えるとこんなことが贈られるのか
指もひらいて
地べたと足裏はひったりと通じ合っているらしい
あのときより　人やら何やらが通った道だ

変わらないのは　海

十月
海に映える陽のきらめきも海岸線もサーファーも
砂浜も流木も貝殻も潮の香も

困ったときは海に聴きなさい
と言った人がいたっけ
海は　いまも応えてくれるのか

＊茅ヶ崎で

アカテガニの産卵

希っていたその日は訪れた。

真夏の新月午後4時、三浦半島三崎口に行く。長靴、ヘッドライト、長袖のシャツという出で立ち。自然がそのままに残された、小網代の森。森を守る会の方々の準備ができるまで森を散策する。足元を赤く味わいのある風貌のカニが、通り過ぎようとして、人がいるのに気づき隠れた。

やがて、紙芝居による予備知識、注意事項の説明があり、6時過ぎ海に入る。海辺から少し離れた所に一列に並び、海辺や河口に近い湿地、山の上の穴から降りてくるカニを静かに待つ。

水温は生暖かく、空に星が出ていた。海にはスイカの食べかすやビニール袋、枯れ草が浮かび足に絡みついた。長靴に水が入り、時間とともに水嵩が増してゆくのがわかる。岩の割れ目に座頭虫がかたまっている。

カニはポツポツ見え、しだいに増えていった。

石のなかの水

日没は6時42分。日没の少し前、波が引いたとき、腹にたまごをつけたカニはすばやく岩を降り、次の波が押し寄せた瞬間、岩につかまり、ものすごい速さで体をゆすり、腹をあおるように動かすと、たまごが破れて幼生が白いけむりのようにひろがった。わずか3秒ほどのできごとである。

体中を震わせて産む、小さなカニの切なくなるほどに必至の営み。生命が産みだされる瞬間に、立ち会ったのだった。生命をつないでゆく瞬間に。ボランティアの学生が、ワイングラスにいれた幼生《ゾエア》をライトで照らして見せてくれた。ゾエアの直径は、0.4ミリ。膜を透して黒い目が見える。

一匹のカニは一回の産卵に三・四万個の幼生を放ち、そのうちおとなになれるのは二匹。一年に二・三回孵すという。

暗い夜道をかえる途中、草蛍を見た。

グレー
白いレース編みのような
波の泡粒が
天の川のようにかかっている模様の
石
片手におさまる大きさ　髑髏のかたちの——
石の表面はなめらかだが
ぶつかると　破片を残さず
ぶつかったところだけざらざらとしてへこむ奇妙な石

陽にかざせば　ぼんやり透けて見え
揺れ動くものがある
その量は　石の大きさの半分くらい
振ると水の音がする
振る指に振動が伝わる
握っていると
石も掌も温まるのは　水の故か
もっと握っていると手の甲に　汗が浮かんだ

数千年の　水の時を閉じ込めて

石のなかで　生きている水

この石を割れば
お猪口一杯分にもならない量の水は
八月の陽に
あとかたもなく乾いていくだろう
育んだ記憶も　水のように
乾いていくのか
記憶の底になじませて生き続け
やがては
古い物語を聞かせてくれるのだろうか

海を見て

海を　海を見て
ぼーっと過ごす時間が増えた

浜辺に流されてきた
体長50糎もあろうか　朦朧とした
黒っぽい塊り
尾鰭が確認され　胸と思われるところの
骨が浮き出ている
魚なのだろうか
何度も波に打ち上げられて
何度も波に曳かれているうち　見えなくなった

ある日　陽射しのうすい海に
あっちでも　こっちでも
プシッ　プシャッ　チャッ
白くひかって魚が飛びあがっていた
その眼の端で　狙い定めて急降下
一羽のトビが魚を獲る

眠っていた　わたしの朝が動きだす
動きだす時がきたのだ

真夏の日曜日　呼びかけに応えて
朝がはじまる

光冨　郁埜（みつとみ　いくや）

バード

一人でいることに、何年も飽きなかった。シートの、海に伝わる神話を読みながら、永く暇をつぶしていた。精霊の女、の横顔の表紙。空腹の中、海に向かう道、カセットで、オペラを聴きながら、わたしは車を走らせた。食事をとる場所を探す。風が、目に当たる。細める。道の脇、女の顔が転がる。ブレーキを踏む。ハンドルを横に切る。

女の顔は白い。軋むかのような声で、鳴いている。翼を抱えて、鳥の体の女はわたしの目を見て、鳴く。光る目が、心に残る。ドアを開け、風が流れ込み、鳴く。それに近寄る。歯が白いが、鋭く、わたしのほうに転がる。わたしは屈み、抱きかかえる。

シートで、女の顔を押さえる。鳥の体は羽毛が柔らかい。片方の翼を痛め曲げている。

「ハ、ハ、ハーピーか」と、わたしの声に女は鳴く。

それは、ひとの食事を邪魔するだけの存在だが、わたしは後ろのシートから、乾いたパンを出し、カップの牛乳に浸し、与える。女は笑うような目で、わたしを見上げる。わたしの股の上で、喉を動かす。次第に、激しく、水分をふくんだパンを、くらう。髪は赤茶で、ウェーブがかかる、その線にわたしは触れる。女の体は重い。

わたしは、女と車を走らせる。風が、女を喜ばせる。笑い声がする。ただ走っているだけなのに、うれしいらしい。海が眼下に広がる。崖。ブレーキを踏む。ハンドルを静かに回す。鍵のアクセサリーの翼を、女は唇でつつく。わたしを見ては、何か言いたげに、ねえねえ、と目で話す。

どうすれば、この時間を延ばせるか、わたしは、女の頬に指をあて、撫で続ける。

雨でも降るのか、窓からの風は湿り、辺りは薄暗い。無言の時間が過ぎる。サーチライトをつける。舗装された道が続く。何年かぶりに女と話したくなる、が言葉はない。車内の沈黙に、ラジオをつける。

ＤＪの声はなく、歌声がある。

ラジオに、女は聴き入る。女の横顔は、本の表紙の精霊に似ている。首を伸ばし、翼を拡げる。目が青く、海を思わせる。その深み、に触れたくなる。

女は歌う。白い喉が震えている。その声は、わたしを眠りに誘う。ひとに死をもたらす、セイレーン、であるかもしれない。

向こうから、ひとをおそう、女の仲間が来る、前に、わたしは、ラジオのボリュームを上げる。アクセルを踏む。女を窓から放り捨てるべきか迷う。片手で女の口をふさぐ。女が指にかみつく前に、わたしの体は眠りに傾く。


(死ぬな、これは)

ハンドルを切り損ね、道の脇に落下する。


女はそこにいた。シートに、挟まれ身動きできない、わたしの胸の上でうずくまり、頭をこすりつける。

頬と頬がすれあう。女は鳴いた。わたしは夜の曇った空に、女の仲間が来ていないことを知り、はぐれた者同士、そのままの姿勢で、朝まで眠ることにした。

携帯電話、を持たないわたしは、誰にも連絡をとれない。遠く、で波の音だけがする。キーを回す、がエンジンは動かない。キーの、折れ曲がった銀の翼が揺れる。本を台にして、コップに水を注ぐ、暗がりの中で。二人だけの沈黙に、女はむせぶ。


女の目は濡れている。その縁を指で、たどり、こもるような声をかける。寒い暗がりの中で、わたしと女は互いの体温だけを頼る。片方の翼を、わたしは撫で続ける。

女は笑うように、目をつむる。

海の上のベッド

　点滴を打たれながら、病室の窓から海を眺めていた。看護師が言うには、わたしは雪の降り積もる中、マーメイド海岸でひとり倒れていたらしい。音もなく波が白くよせている。意識が戻って二日たった。熱が下がらない。

（わたしはどうしてここにいるのだろう）

　頭が痛い。片手をつかい、ティッシュで鼻をかむ。丸めたティッシュをゴミ箱に捨てたら、外れた。視線を落とすと、床が水で濡れていた。二人部屋の隣のベッドは空いている。その隣のベッドの下まで水がきている。どうして。点滴は半分になっている。そばの台の、ＴＶの横に装置がついていて、カードを差し込むようになっている。残り時間の少ないカード。することがなく、ＴＶをつける。イヤホンをつける。

　ワイドショーのニュースが放送されている。ずっと眺める。評論家が何かコメントしている途中でＣＭにはいった。

紺色の海。空は曇っている。ひとりの青年が海岸を歩いている。マーメイドが姿を現わす。〈マーメイド海岸〉の文字と音声。

　ＴＶのカードの残り時間が切れた。電源の切れた暗い画面に、自分と背後の窓が映る。たわむ色のない世界。物音しない病室。点滴はもう液がなくなりかけている。そろそろ看護師が来るころだろう。二の腕にさしている点滴のチューブを見つめる。透明な液がわたしに流れている。

　何かの気配があったような気がした。イヤホンを外す。ＴＶとは反対の窓のほうを見る。

　女がベッドのわきにいた。動きがとれない。女は長い爪でシーツをつかんでいる。女は手をのばし、わたしの自由のほうの二の腕をなでる。女の手は濡れて冷たい。女は顔を近づける。緑色の瞳がわたしをとらえる。しばらく見つめ合った。キレイだ。海の底、深く透明な色をしている。女は、

ノックとともにドアが開く。看護師が点滴を片づけに来た。熱をはかるよう体温計をわたされた。体温計を受け取り、脇にはさむ。時間に追われる看護師が退室する。白衣の後ろ姿、閉まるドア。TVの暗い画面に映る、わたしと女。女のほうに首を曲げる。女の肩口から、大きな尾びれがゆっくりと上がる。床に海水が満ちてきて、波打っている。ベッドの周りは海だ。紺色の海。電子体温計が鳴る。空気が冷えてくる。室内に小雪が降り始めた。寒い。女は、体温を求めるように、指をからめてきた。女の髪がわたしの頬にかかる。緑色の瞳。被さる女。唇がふさがれる。震える。静かに、電子体温計が海に落ちた。

海の上のベッド。もうすぐわたしは、女に海の底へとひきずりこまれる。

苗村　吉昭（なむら　よしあき）

北欧の心の船

ヘルシンキの白い平原に
「オーロラ号」という船が浮かんでいた
わたしは赤御影石のウスペンスキー寺院を抜けて
その平原に降り立った
それから引かれるように黒い船に歩み寄り
喫水線上に立って
オーロラ号を撫でてみた
オーロラ号は黙って長い影を引いている
わたしの影も長くノッポさんになる
ヘルシンキの冬の太陽は低い位置を保つから
オーロラ号もわたしの影も
いつまでも長い影を引いている
海の凍結による破損を避けて

ほとんどの船は陸地に引き上げられる冬
なぜかオーロラ号だけは海に放置されてしまった
そして凍結した海にサラサラと雪は降り
雪の上にまた雪は降り
偽りの白い大平原が形成された
わたしは一歩も進めないオーロラ号の代わりに
この平原を歩くことにした
動物園のあるコルケアサーリ島やスオメンリンナの
　要塞はどのあたりだろうか
わたしはずいぶんと歩いたあとでオーロラ号を振り
返った
白い平原にわたしの足跡だけがオーロラ号まで連
なっていた
確か太陽から放出された荷電粒子が
地球を取り巻くバン・アレン帯の外壁に沿って突入
したとき
超高層大気中の原子や分子と衝突し光り輝く現象を
　オーロラと呼ぶのであった
いまわたしの残した足跡はオーロラ号の中で光り輝
いているだろうか

あるいは分厚い氷に阻まれたオーロラ号の方が
わたしのバン・アレン帯に飛び込んできて
わたしの中で光り輝いているのだろうか
今日のヘルシンキの気温は氷点下二十度
低い位置を保っていた太陽も沈んでしまうと
さすがに氷上に滞在し続けるわけにもいかない
わたしは冷えきった躰で引き返すことにした
それはこれまでのわたしの足跡を遡る道程でもあった

わたしはいま
喫水線上に立ってオーロラ号を撫でてみた日のことを
矮小なわたしの書斎で思い出している
二十年前のあの日
わたしは確かにオーロラ号のようであった
そして様々な柵《しがらみ》に囚われて時間を切り売りするいまは
あの白い海上で歩みを止めたわたしの姿に似ている
二人のわたしの中に
時間を超えて詩という荷電粒子が飛び込んでくる
二十年後わたしはいまより強く光り輝いているだろうか
かりそめの肉体を失っても
いまより優しく世界を見守っているだろうか
わたしを取り巻くあらゆる制限を取り払ったあとも
わたしは誰かの心の船であり続けるだろうか
矮小な書斎にいるわたしのなかで
様々な問いが輝いては消えていった。

水の弔い

雨の日
本棚からこぼれるように
昔の手帳が落ちてきた
わたしは偶然開かれたページに
水の音を聞く
それは
置いていかれた時間を包んでいた膜が破れ
過去が流れ出す音のようであった
手帳にはこう書かれていた

「砂浜に友人の名前を書いた
　それからサヨナラと付け加えた」
わたしはようやく思い出す
友人の死の知らせを受けた日のことを
砂浜に落ちていたカラスの羽根で書いた言葉は
すぐに波がさらって消していった
それがわたしにできた唯一の弔い
言葉をさらった波は
琵琶湖へ戻り
いつの日か
気化して天に昇り
浄化されて
今日の雨のようにどこかに降りそそいだことだろう
たとえそれが
錆びた金属を舐めた水であっても
たとえそれが
六価クロムの混じった水であっても
また
たとえそれが
弔いの言葉をさらった水であっても

水は何事もなかったように
静々と流れたことだろう
そしてこれからも静々と流れていくことだろう
わたしは昔の手帳を本と本の隙間に戻す
外では相変わらず雨が降っている。

耳

　私の耳は貝のから
　　海の響をなつかしむ

ジャン・コクトーの「耳」というこの詩を
堀口大學訳詩集『月下の一群』で読んだのはいつ頃
　だったろうか
高校生か大学生
とにかく十代の頃であったことは間違いない

私の耳は貝のから
　海の響をなつかしむ

大きな貝殻を耳に当てると
海の音が聞こえるというシーンは
幼い頃に何かのアニメーションで見たことがある
その後どこの海だったか
母の故郷の山陰の日本海であったか
砂のついた貝殻を耳に当てて聞いてみた
海の響きは貝殻の外から響いていた
家に帰って貝殻を耳に当てて聞いてみても
海の響きは聞こえなかった

私の耳は貝のから
　海の響をなつかしむ

わたしはコクトーの詩に出会って気がついた
海の響きは貝殻から聞こえるのではなく
耳が貝殻になって聞こえるのだ　と
長じてわたしは

さまざまな雑音に悩まされるようになったが
コクトーの詩を思い出すと
海の響だけが聞こえてくる
人生のさまざまな雑音を呑み込む
おおきなおおきな海の響が
わたしの耳に聞こえてくるのである。

日野　笙子（ひの　しょうこ）

ブラインドを指で広げると

ブラインドを指で広げると
一瞬で乳白色の海霧がたちこめた
丘の病室から港を望む
人生のちょっとした一休みですよ
旅先での急病もそう言われれば諦めもつくが
長い人生とはもう誰も言わない
港町はぼくが生まれたところ
派手なストーリーが似合う町じゃなかったが
二度と訪れることもないと去った
ブラインドの隙間から
少年期の潮風と
重油と石炭ストーブの混じった匂いがする
ぼくたちが引っ越した家には

コークス小屋が隣にあって
姉はなぜだかぼくをそこに閉じ込め
悪ふざけをしたものだ
過去が塗り染めた
海と工場のある光景
港を出入りする船
タグボート　コンテナ
荷役機械を操る港湾労働者
防波堤　灯台
視点が陽光溢れる背景に溶け込む
坂道を下って砂浜に立つと
そこは小さな漁村で
岩陰の海水浴をぼくたちは楽しんだものだ
ある日海岸で
飼い犬の死骸を見つけ大泣きした
海鳥の鳴き声　霧笛
灯台守の伯父さん
なんと季節はあまりに早く疾走してしまったのだろう
霧が晴れた暁に
自分の進むべき道が

ようやくおぼろげに見えてきた頃
同時に知った
なんと人生は難航し座礁するものであったか
この宇宙の中でのぼくは確かに小さかった
けれどもそれがぼくである以上
ちゃんと最後まで生きなければ
上体を起こしブラインドを少しだけ開けた
目を閉じても浮かぶ景色がある
耳を閉じても聞こえる音がある
口を閉じてもほころぶ歌がきっとある

宵の便り

人々が家路に向かう薄暮の刻
春を待たず一人旅立った友の
最後の知らせを受け取った
故郷の海からこの街へ
何かの間違いのように告げる便りを携えて
古びた小舟が一隻
音もなくゆるりと船べりに着いたのだ
波に洗われたぼくたちの歴史
焦がれることも苦しむことも
とうに色褪せたような時の流れ
その余白に今はもう
希望という言葉も返上してしまいたい
こんなにも長い航海のあとには
心に刺さった棘は動くほどに痛いから
静かな流れがきっと守ってくれたのだろう
海から上がって櫂を寄せ
互いの家に帰宅した夕刻
ぽんと肩をたたいた友
一日のあの頃は確かに輝いていた
しかめっ面さえよそおって
気取るなよと笑っていたね
暁の星になった人よ
それは希望の灯りではなかったのか
あぁ　ぼくたちは若かったのだ

誰の気配もない宵のもと
手紙を開くと
あの海に囲まれたぼくたちの故郷が
ことさら焼き付くような懐かしさで
記憶のくぼみに広がった

遺された海

わたしを海へと慫慂するのは
懐かしいひとの面影
生まれて初めて会う恋人のように
告白し損なったかつての青年のように
色褪せることなく
心に息づく海の風景に
わたしの懐かしいひとがいる
砂浜で
手向けのような硝子の浮き球を拾う

陽が陰ると
青緑色した硝子に少年は映っていた
海を見下ろす丘に佇んで
手放しで泣いている
日の暮れが一生の終わりみたいに
かなしい黙祷ばかりが続いた
祈ることさえもうむなしかった
そうして遺された者の一日が終わるのだった
あの夏ではなくこの夏と言えるようになったのに
気がつくと兵隊人形が転がっている
海鳥の鋭い鳴き声がした
胸が張り裂けんばかりに岩肌に谺する
あの頃　憶えた　まじりけのない感情
自覚しなかった愛の死　失ってわかるというかなしみ
波が消える一瞬の永遠に
わたしはいたいけな声を
遠くで聞いたのかもしれなかった
もう一度あの海へ行こう
やさしいひとびとがいるところ
黄金色の帆を張った船が

ゆっくりと迎えに来るのだ
幻を追いかけ水平線を超えたひとは
きっとそこで安らいで暮らしている
ひとびとの代わりに泣いてくれた
思い出ばかりを遺して
夕暮れのさざ波が遠い海の声を運ぶ
夜　無数の星たちの最後の爆発が
産声をあげるように
帰らぬところへ連れてゆく
その夏　波音だけが残る浜辺で
懐かしいひとの夢を一瞬捉えた
死は死でしかないのだが
なおも渇仰の場所が
その海にはあったから

神原　良（かんばら　りょう）

北海道共和国のさびれた街を

北海道共和国のさびれた街を
幾つか拾いながら　歩いていく
幻想のこの街では　君はまだ生きていて
路地ごとに　一瞬の影　を残す

夏なのに　風花が舞うその路地の奥で
いまは猫の姿で　君は笑う
幽明境を異にして　なお
君を追い　君をおもう僕の迷妄

室蘭港の夕映え　死ではなく生を
投身ではなく　新たな生への投企を
あの日　僕たちは夢見ていた

その夢の果てを今　僕は歩く
北海道共和国のさびれた街を
幾つか拾いながら　歩いていく

釧路の夏

五年の時を隔て
僕らは　この街でつどった
深い霧　どこまでも続く霧の中から
Ｌ……　僕の名を呼ぶ声

いつか　幣舞橋にかかり　耳を澄ます
微かな水音　然し　そこでなく
はるか　橋を渡った向こうから　Ｌ……
恰も　未生以前の森の中から

僕は応えたろうか　記憶は定かでない
指先まで霧に濡れ　霧にまみれ
耳元に　一瞬　ケルトの歌声を聴く

そうだ　J　君に間違いない
五つ先の世で　或いは往古の昔　僕らは
あの森で暮らしていた　二匹の目立たない獣の姿で

稚内の秋

君のいる北の集落には
初雪が疾うにふれている頃
笑いさんざめく人の群れにいて
問うまでもなく僕は孤独

幾たびもくり返す
執拗なほどの出逢いと別れ

「神を待つ……」と言い残し
君は北の最果てに去る

海峡から吹きつのる風はいよいよ無惨
季《とき》過ぎた原生花園には
もはや一輪の花実もなく

今生存を持続するのみの北辺の人々
君は何を思い　ただ
雪の住処《すみか》に伏すか

嘆き

私の父は貝殻
青い雲が垂れ込め
砂丘は緑
湖底の砂、水晶は夕焼け……

接骨木《にわとこ》の花は　白い
あれは　夭折者《ようせつしゃ》の白い葬礼
……貝殻の立てる波の音

風は泣き濡れ……

あめりかひこうきビラの舞い
ぶえとなむでこどもがしんだ
ひらひら　ひらひら　子供がしんだ!!

夕餉のおかずは生魚！
口開《あ》けて　しんでいた
冷たい顎に歯はろっぽん
耳はちぎれて、飛び散った

砂丘は嵐
そうそうと　そうそうと
風が渡る――平野は雨！
砂丘の影が平たくなる
雲は垂れ込め

地平線で
誰かが母の名まえを呼ぶ
――その向こうで　日が、暮れる

私の父は貝殻
往古の浜に打ち上がり
いつのまに　時は、たそがれ
《ぶえとなむでこどもがしんだ!!》
地平線で、
誰かが母の名まえを呼ぶ
あれは……
子供にはぐれた母親が
また　その母を呼んでいる声？

春立の海で別れて

北の　早い秋が訪れ

海辺は　もう人影も見えない
空を飛びすさる　無声の鳥たち
立ち尽くす　君の残影

愛を語らず
こんなにも深く寄り添いながら
互いに　一切の愛を語らず
ただ　指先を握りしめて

立ち去ったのは　君
晩夏のやさしい憂いの中で
手をすり抜けたのは　君の指先

言葉は　語られることもなく　消え
悔いもなく　季節はうつろい
足もとの砂は　波に崩れて

貝殻の街

今日　見つけたよ！
貝殻の街
僕の　過ぎてしまった青春の中で
輝いていたあの街

捨てた煙草が
馬車に轢かれたせいで
夕暮れに　甲高く
呼び交わしていた僕らは　老い

天空まで続く
白い迷路
あの貝殻の街の地図を

暗い路傍に置き忘れて
千年　僕は　さまよい歩いた
君とはぐれた　あの街を捜して

堤　寛治（つつみ　かんじ）

ニシン

「アッケシものだけどニシン持ってくよ」
姪っ子からの電話だ
「ありがとう、頂くよ。昔、バカニシンと鼻も引っ掛
けなかったが……、今時では貴重品だ。ありがたい」
「けさ揚げた網なの。今年のは小振りなんで。新鮮だ
けが取り柄」
「やもめ暮らしだ、あれこれ言えんよ。ありがたいよ」
無造作に流し台に並べられた
張りのある背　見開いた赤い目
外海から湾へと遊泳する　小さな群来のそれだ
でも　鰓ぶたに血をにじませ
光を呑んだトロ箱に詰められてると
なんだかあの日の棺桶そっくり

遠くなったあの夜
氷の浮く厚岸の港から
北千島へ向かう船団に乗り込んだ
大黒島を回っただけで　直ぐに沈められて
誰ひとり帰ってこなかった
次の朝　漁を休んだ浜は　昆布の森に入って
海の色に染まった軍服を抱き上げた
一着また一着
裂けた頬で　霧を引いた無言の帰還
凍ったニシンの背は　あの日の海色の隊列
姪っ子が手際よくニシンを捌き
青いけむりと焼けた脂の臭いが　グリルに立ち込める
あの浜のけむりの臭いだ
脂が浮いて　照りの増したニシン
箸を立て掛けて　手をやすめる
「おいしいね。どうしたの」
「うん、……」

波打つ梢

天を突く夢を抱いた木は
風に裂け　地面に波打つ梢
故郷の湊で削ぎ落とされた
男の群れには　顔がない覚束なさ
肩を寄せ　黄昏た丘に　粗朶を探す
丘は雪に焼け　夢を啄む鴉が群れる
潮風を避け風衝木《ふうしょうぼく》の陰に
波打つ梢で　小屋を組む
梢に揺れた郷《くに》の謡が絶える
獣道を疾駆する風は
原野を削り　樹影を砕き
闖入者の息遣いを絶つ
地吹雪に凍る合掌小屋《おがみごや》
灯火のゆれる家《チセ》に
米粒に似た野の百合を貪る
男たちの休息
口琴《ムックリ》がはじける

「銀の滴降る降るまわりに、
　金の滴降る降るまわりに」
溢れる時間の結晶
海が割れ波が蘇る
うねりに　光が躍る
キタコブシが冬芽を脱ぐ
野の百合に抱かれる丘
高笑うフキノトウ
白樺《しらかんば》の花が風を引いて越える
稜線に小さな虹

＊風衝木＝強風で梢が風下へ削がれたように靡く木。
口琴＝アイヌの口琴。家＝アイヌ語。
「銀の滴降る降る……」＝知里幸恵『アイヌ神謡集』より

渚の伝説

雪時雨の渚に一枚の絵解きを手にした男がいた

入り江は群来に湧き
浜は鱗に弾け
渚は喧騒の坩堝

この日から削げた舟を浮かべ
入り江を辿り　渚の在り処を極めようと
渚に立ち　波の襞を翳す
その蒼さに鰊の背を重ね
星の蠢きに　渚は日毎に灼け
昆布の揺らぎは食い尽くされ
潮溜まりは食害の白い堆積
絵解きに揺れた波は
船着場を失った渚に乾く
焼けた潮溜まりだけが浮かぶ夜
判じ絵を追う男の影が漕ぎ手を待つ
消え残る虹ほどに振れる磁針を頼りに
小舟はその温もりで　新たな入り江を指す
その縁を巡ろうと　海草の痕を追い
懸命に短い櫂を繰る
舳先に黝い揺れだけが広がる

命たちの証し

雪を被り濡れる岩を抜け
瓶子岩の根元　ツルモの光もない
眼鏡岩の洞を覗く
アナモの穴に斗星が揺れ手繰られる波
振り向く岬の鼻に　崖を滑る銀河の滴り一筋
昏い洞をツバメが割く
番が泥をこね　巣をかける
男の影が　うすい吐息を呑み込み
滴る水を辿り登る
起伏の奥の白い骸の株の散兵
棟の割いたヤナギの小枝が眩しい
種を蒔いたらどうだ
潮風に強いやつだな
ドングリ……。イタヤはどうだ。
男の呟きをよぎる　ツバメの番

銀河に映し出された　島は
渦潮を北に　抱え
渡り鳥たちがあふれ
獣たちが散乱する
朝の気に満ちあふれた土地
海流が運んだ骸にすら群れる事を忘れ
恐れと　驚異の目で
寄せる波頭を　数える間に
裂けていく海岸線を追う
飛沫が消える　海が退いていく
この渚が震えるのはなに
海は波を奪われ　海底を正体もなく現す
海岸線は　ゆっくりせり上がり
岬の下の岩は丘への階
岬が岩を曳いて猛々しい陸の広がり
幾つかの季節が　広がる
季節に馴れた　命たちが広がっていく
意志を透明に耀かせる　波の中から
炎を太く連ね　せり上がる
山脈の頂から　新しい火

山が火を吐き出した日　雲が重なり
光が迷走して季節を読み違えた
あの日
新しい陸に
新しい足跡を刻むために
そこが命たちの　雑草のような意志は
真っ赤な血が噴き出る痛みのままで
その根のように張り巡らされて
そこに植え込んでいなければならない
見出された　あの足跡には
命の疾走や跳躍する響きが
轟かなければならない
海底から渚へ　渚から陸へ
砕けた踵の跡も　曲がった太腿にも
証しは　あの足跡で　浮き彫りになる
命たちは
新しい陸である限り
陸の稜線の向こうの地平へと
焦がれ　身構え　進む
刃のように　削られた背筋を立てて

洲　史（しま　ふみひと）

崖の上から

崖の上に立つと　はるか下に波が白く見えた
崖には宿り木に寄生された木々が立っていた
まだ早春の風は冷たく刺した

石を力の限り投げても
崖のどこかに吸い込まれ海には落ちない
もう一度試みても同じこと
やはり　海は遠いのだ
いくら叫んでもこだますることのない海
海は遠いのだ
曇り空　水平線の見えない海は遠いのだ
あの海には　ここから降りることはできない
もっと遠くへ行って降りなければならない
だが降りた海は憧れていた海とは　全く違う海だろう
厳しさとおおらかさとで引きつける
この海とは　全く違う海なのだ

鮟鱇の存在

高校の国語の授業
村野四郎の詩「さんたんたる鮟鱇」を朗読した後
教師は　鮟鱇について語り
吊《っ》し売りについて説明した
魚屋の店頭に大きな鈎《かぎ》がかけられ
鮟鱇が吊されると言う

ぼくらの田舎町には　まず魚屋がない
魚は
自転車を引いた行商から

米と引き替えに買うのが常だった
イカの一夜干しが一番安く
サンマ　イワシ　サバと続いた

ぼくは想像する
鮟鱇鍋にはどのような具材が入っているのか
鮟鱇の身の味はどのようなものか
小魚を引き寄せる囮《おとり》の灯りも食べられるのだろうか

ぼくらの学級担任でもある国語教師は
淡々と説明を続ける
教師の説明を聞いていているうちに
突然　想像が逆転する

鈎に吊されて
薄く薄く削り取られようとしているのは
鮟鱇か　ぼくか
ぼくは何時まで存在することができるのだろうか

たまたま見た新潟日報の投稿詩欄の選者は
村野四郎だった
詩を書いて見ようかと思った
ぼくの存在について
詩人に問いかけて見たかった

詩を書き始めた

海を見に行く

高校から帰る
山着に着替える
硫安二十キログラムを二袋
ミナワで簑にくくりつける

山道を登る
家の裏から杉林を抜ける
笹の群落を上がる　下がる

凹みを清水が流れている
その上に架けられた木を渡る

オオイケ　ここで馬道《うまみち》と合流する
しばらく　馬道をなだらかに登る
スギノクボ　水が出ないので
田にできず畑として使っている
背中の汗が山着から簑に染み出る
畑の胡瓜を一本　丸ごと食べる
馬や牛の通う道と別れる
急峻な杣道《そまみち》を登る
この方が早い
山百合が香る

ナカヅネからカヤバへ
青々とした田んぼが段々に続いている
ようやく　たどり着く
硫安を下ろす　茅葺きの小屋に納める
軽くなって　もう少し登る

遙か向こうに山の間からわずかに日本海が見える
海の上に夕焼けがかかっている
峠の松の根元で　海と夕焼けをしばらく眺める

稲刈りを終える
雪の冬を越える
新しい春が来る　一九七〇年
ぼくは　太平洋の港のある街で暮らし始める

並木道

家から駅へ向かう並木道
木槿《むくげ》の花が咲き出した
一斉に咲くことはなくても
下から少しずつ上へ　決して花を絶やすことがない

青磁の壺をつくり出した大地

半島の争いで日本に逃れて大陸の文化を伝えた人々
騎馬民族に征服され
日本への侵略の水先案内に立つしかなかった民族
日本からの侵略に
何度も何度も蜂起を繰り返した民衆

ぼくらが桜の花を愛するように
半島の人々は木槿の花を愛しアリランを歌うと言う
上野の桜に感嘆の声をあげていた半島の観光団よ
木槿の花もすてきだ
ぼくは励まされて駅へと急ぐ

勇魚へ

銛《もり》をみがけ
舵《かじ》を確かめよ
舟のもろもろを改めよ

我らの飢えを満たすもの
我らの暮らしの糧となるもの
勇魚《いさな》　鯨よ

風を見よ
雲の流れを仰げ
波を高さを測れ

ぼくらの祖先の営みから千数百年の時を経て
今日　土佐　宇佐の港から遠く離れた海面へ
トビウオが飛ぶ
魚を求めて海鳥が群れて舞う

勇魚よ
海深くから　姿を現せ
潮を吹きに　一瞬の息継ぎのために
ぼくらの前に姿を現せ
ぼくらは　五感の銛を持って
君を記憶のなかに捕らえるため　待ち構える

原　詩夏至（はら　しげし）

鯵

「あーじ、いらんかーえ」
「あーじ、いらんかーえ」
藍色の潮風を掻き分けて
漁師のおかみさんが
手車を押す。
木の箱に
陸揚げしたばかりの
輝く鯵たちを積み込んで。

「あーら、お幾らかしら」
「百円」
「じゃあ、一匹」
「おおきに」
「ほら、お食べ」

鋭利な小刀のようなその鯵は
たちまち　犬のチロの
喉へと無造作に投げ込まれる
「はうっ、はうっ」
二口で食われた
無言の　おかみさんの目の前で。

「あーら、もう食べたの。じゃあ、もう一匹」
「おおきに、奥さん」
「ほら、よく噛んでね」
それでも　やはり
「はうっ、はうっ」
鯵は　二口で犬に食われた
無言の　おかみさんの目の前で。

「あーら、もう食べたの。じゃあ、もう一匹……」
「いいよ！　もう行こうよ、お母さん！」
俺は思わず叫んだ
怖かった
こんなこと　いつまでも続ける
母が　おばさんが　恐ろしかったのだ

俺は　必死で母の手を引いて
その場を離れた
俺たちは逃げた
その背後で
呪いみたいな　お祈りみたいな
単調な売り声が　また始まる
そうして　今度はいつまでも終わらない。

「あーじ、いらんかーえ」
「あーじ、いらんかーえ」
「あーじ、いらんかーえ」……

海の風？
ああ、覚えているとも
ふるさと？
もちろんだよ
だが……好きかって？

だって　お母さん
俺は　俺たちは

あの鯵の町では
とうとう　最後まで
喉に刺さった小さな魚の骨——

「おおきに」と
ただ　笑うしかない
二つの「異物」に過ぎなかったじゃないか？

柄杓貸せ

「柄杓を……頼む　柄杓を貸してくれ！」
そう　船幽霊は　船乗りたちに
波の底から　呼びかけるという
船ばたに手をかけ
麻薬常習者が　売人の襟首を掴んで
揺するように　がくがく揺すりながら……

だが　船乗りが　恐怖のあまり

……いや　或いは　むしろ
「なあんだ　柄杓でいいのか
俺はまた　てっきり
船荷も　お宝も　こっちによこせと
揺すられるかと思った」と　安心して
柄杓を渡したら　どうなるか？

彼らは　すぐさま
柄杓で　海の水を
船に汲み入れ始める
もちろん　あっと言う間に　その船は沈む
船荷も　お宝も　船乗りも……

船幽霊　別名「柄杓貸せ」
思うに　彼らは　自分たちの船が
もう　とうの昔に　沈没したことに
まだ　気がついていない
船乗りの霊なのだ
船底は　もう　岩礁に砕けて
右も　左も　頭上も　水ばかりで
船室を　魚が遊泳して

これはもう　どう見ても駄目なのに
それでも　まだ〈希望〉を捨てないで
頑張れば　まだ　助かると信じて
ただ　足りないのは　そう……例えば
海水を　あとほんの少し
掻き出すための　一本の柄杓
ただ　それだけだ……と
だから　それを貸せ……と
通りすがりの　仲間の船乗りに
片っ端から　頼み込んでいるのだ

だが　海水を掻き出す……と言っても
では　その掻き出した海水は　どこに捨てよう？
海に捨てては「元の木阿弥」で
船の中の水は　少しも減らないし
といって　ここらで「海以外の場所」など
結局　柄杓を貸してくれた
まだ沈んでいない　その当の船の甲板の上以外
どこにもないじゃないか？

「なあに　大丈夫　ちょっとだけだよ

もう　ほんのちょっとだけ
水を　移させて貰えれば
それだけで　この船は助かる
そうだとも　ただ　ほんのちょっとだ」

相手にも　自分にも　そう言い聞かせて
だが　いつの間にか
その「ほんのちょっと」が　無限に増殖して
遂には　浮いている船まで　沈没して
今度は　この2隻の船乗りが　次の船に
「柄杓を……頼む　柄杓を　貸してくれ……！」

しかし　と言って
「駄目だ！　これでは負のスパイラルだ！」と
柄杓を貸すことを断ったら
「なぜだ？　仲間を見殺しにするのか？」と
船ばたを　がしがし揺すられて
やっぱり　船は転覆・沈没する

そこで　賢い船乗りたちは　彼らに
わざと　底の抜けた柄杓を　貸すのだという

これなら　幾ら　海水を　掻き出しても
所詮は　単なる「エア掻き出し」だから……
だが　本当に　これでいいのか？

もう死んだ船乗りが
もう沈んだ船を救うために
底なしの海から
底なしの海水を掻き出そうと
底なしの柄杓を
底なしに振り回し続ける……

これでは　要するに
ただ〈地獄〉の底が抜けて
新たな　完全な〈底なしの地獄〉が
〈地獄〉の底から
それこそ　底の抜けた
船幽霊たちの　幽霊船みたいに
姿を現わしただけではなかろうか？

秋野　かよ子（あきの　かよこ）

モクズガニ

頃あいが良い
海でもなく川でもなく
良いあんばいの塩加減で暮らしていた
もし　木に登る運命であるならば
クワガタかカブトムシだっただろう
夏の終わりごろ　妙に体がうずく……
甲羅がゲトゲト言いはじめた

明日にしようか
いや今晩だ

尖り目で月と星を見定めた
甲羅の言うとおりに
戦いの川を逆上ろう

愛は見つかるだろうか
上流の岩影に　姫がいる
きっといる
いないなど一度だって考えたことはない
こうして　人間よりずっと長く生をつないできたのだ

蟹カマボコ

蟹カマボコは　蟹より蟹らしいのが憎らしい
と蟹は言った
これを　はじめに作った人間は
蟹を食べ　蟹を前にして蟹を睨んだ
頭のなかはいつも蟹で溢れ
顔も四角くなっていた
来る日も来る日も
蟹を食べ　蟹を思い僕らを愛していた
手ざわりや舌触りも　凝りに凝っていたが
よく見ると　魚だった
蟹じゃなかった

蟹は
複雑な気持ちになっていた
岩の穴に隠れて一生を終えるのが良いのか
人間に捕まって喜ばれるのが良いのか
左右のハサミを撫ぜながら
美味だと言われてきた自分が
解らなくなっていた

むかしの小さい記録簿

紀伊半島の人々は昔から荒海を見て育ってきた
若者たちは　街を思うまえに
海の向こうを描いていく
数ある親戚には　海の向こうで暮らす人も多かった

祖母の　おじさんもそうだ
母方の　おじさんもそうだ
おじさんの母は　ミカン畑のなかでアメリカ国籍
誇らしげに　ダイヤの指輪が光っていた

ここは移民の半島
湿っぽく泣きながら送り出していない
「アメリカいくかい?」
「そうやなあ」

ハワイ　カナダ　アメリカ西海岸　まれにブラジル
　の声

東京は　人が多く耳慣れない言葉が響く遠い異国
東北や北海道は　地図の国

ミカン仕事の続きに　若ものたちにはアメリカ大陸
　があった
紀南人も　少しお金ができるとカナダを夢見ていた

＊　＊　＊

おじさんがアメリカから帰った日　びっくりするほ
　どの上等な服を見た
英語混じりで迎えてくれる

ガジュマルの樹木の向こうは　赤い屋根の洋館が建
　ち並んでいる
アメリカ村に　別荘も構えた
朝粥が通常のものたちに
ブレッドと言いながら　バターとコーヒーで振る舞う
パーコレーターの香りと音が人の心を　また大陸へ呼
　んでいた

「苦労もあるんやろ?」
祖母の言葉に　食べかけのブレッドがとまった

私は世界地図を見て日々を過ごしてきた
「私も行くのだ……」
太平洋は荒波ばかりが続いている
大陸まで思いが届かない
左腕に心が惹かれ
絡まれたつる草に引かれるように西を向いていた

珍しい「アメリカ村」の灯が消えた日
おじさんたちの家族は　もう何世になったのだろう
生きているのだろうか　波の音に耳を澄ます

垂れ下がるガジュマルの木樹は　広い道に埋まり
移民から帰った人々の暮らす赤い屋根も　凪になった
人間は変わったのだろうか
時は時代を
ひとくくりに束ねて海へ投げるのか

海は
紺碧の海は何も語らず　全てを呑み込んで透明だ
波は
今も変わらず　白い岩礁に鼓動を打ち続けている

貝ですっと囁きに来て

サザエは　蓋の裏に螺旋模様の過去を語る
私の蓋から　閉じた魚がでてくるだろうか

＊　＊　＊

カタツムリを手にすると
体が貝のなかに縮みきれない
遠く遠い　いつのころから地を這いはじめたのだ

＊　＊　＊

小さい巻き貝が虫になって　山の樹でマイマイして
　いる
祖先代々　ここが宇宙
なぜか　海の殻を捨てきれず

＊　＊　＊

潤んだ点が　ふたつ
家も捨て泳ぎも忘れ塩まで嫌い　隠れて歩いた
ナメクジよ
黒い泪眼で　夜空の何を写している？

＊　＊　＊

海に居ることにした　ウミウシは踊る
光から　ド派手な衣装をもらった
夜空の星は見ないけど　海藻を食べて
子どもたちには　一つひとつ違う服を着せ　願いを
　込めた

＊　＊　＊

体じゅうに海水を溜めながら
人は何も解っていないのです
夜空の星や渦巻く銀河の映像を
水たまりのような　小窓を眺めて微笑んでいても
先に生きてきた　あなたの足あとを訊ねられないの
　です

＊　＊　＊

そういえば　カンブリア紀の絵に似たものを見た
眼だらけ円盤が　海を舞う
ホタテは　うなずいて飛んでいった

武西　良和（たけにし　よしかず）

紀州の海1　――勝浦

広がる海から
届けようとするものが
つぎつぎと波間に消えていく

水の色を手がかりに潜ってみると
魚たちが自由に泳いでいる
ぼくという侵入に
魚たちは逃げる振りをして
緑を折ったり
捩ったりしている

いつしかそれは網になり
ぼくの動きを阻む
それでも水を掻き
潜ろうとするのだが
もがく音が網にすくわれる

白玉は底に青く遠ざかる

紀州の海2　――すさみ

焦げ茶色の岩が
ボコボコ
波に遊ばれている

あれは海が岩を食った
跡形
食い尽くせずに残った
行儀の悪さ

夏の午後

カフェのテラスに座って
冷たいコーヒーを飲んでいると
誘ってくる
海のイタズラっぽさ

イタズラ盛りの子どもが
柵を越え怪我したときのことを
グラスを拭きながら主人は話してくれたが

海はいつも挑発し続ける
子どもや大人
この大地さえも

紀州の海3 ——椿

何万年もの時間を蔵した岩が
時間を道連れに
ぽろぽろと欠け落ちていく

人目に触れず
畑にも田にもされず海の
緑に隠されようとしている

石垣を積む人はどこにいるのか
早く石を積んでいかないと
乱雑なまま石が海の底に溜まっていく

岩がぽろぽろと欠けていく

石が一つ山を離れ
海岸まで転がり出て一瞬
海の
広さを深呼吸した
そしてズボッと小さな音を残して
沈んでいった
底にどんな石垣ができていくのか

若い人たちは幼い子どもたちを連れて

町へ出て行ってしまった
浜に転がった石に
白波が遊びに来るだけで
誰も石を集めに来ない

どこにも石垣が積まれない

紀州の海4 ――串本

打ち寄せる波をカメラに収め
引き返そうと海に
背を向け
歩き始める

突然ひときわ大きく
岩にぶち当たる音が炸裂し
泡を飛び散らせる波が
カメラからあふれ出した

――振り返ると危ない！
山に向かって走り出した

足もとの石ころに躓いて転けながらも
立ち上がり
背中で波音を聞きながら
ひたすら走って
えぐられた岩のなかへ
飛び込んだ

堤防を上がるころ波は
音を和らげ
もとのカメラに収まった

子どものころ
夜の暗闇のなかを走って独り
家に帰ったときの記憶が
たたき起こされ
目をパチパチさせている

紀州の海5 ――雑賀崎

波のまにまに
見え隠れしていた漁り火が
消えた早朝
出ていた船が戻ってきた
わずかの漁獲を載せて

しかし言葉は一語も拾うことができなかった
蹴立てる白波がそれを物語っている

入り江のあちこちに
苦労が真っ直ぐ線引きされ
船同士が交互に
確かめ合っている

入り江の外に停泊する大型船は
じっと浮かんだまま待っている

港では男二人が座って竿を出し
静かな水面に釣り糸を垂れている
底が深くて見えない

鳶が舞っている
鳴き声だけが湾内に響き
走る船の言葉を知らない

細く曲がりくねった海岸沿いの道を
上り下りする車を下に見ながら
鳥は巣へ戻っていく

斜面に
家々が建て込んで
海のにおいに塗られている

狭い駐車場の車は長い間
動いていない

宇宿　一成（うすき　かずなり）

燃える船

陸繋砂州の半ばが波に没している
砂の道の先端に立つと
水が砂を侵すさまがとても静かで

今ここまでの海
と目印に決めた漂流壜など
いつの間にか
違うところへ運ばれていて

やがて靴がじゅくじゅくと音を立てるまで
つま先から海が
体内に侵入するまで
そう思って立っていると

朽ちた帆船が現れ
その竜骨となって
ぼくは暗い海をわたっている
この海は
遠い日に山容を破砕した火山のカルデラ
海の底では今も
沸々と
マグマが溜まっているだろう

孤船
ひとりであること

いつか火柱の噴き上げが
この海を干上がらせ
空を焦がすだろう
噴煙柱は全方位への火砕流となって
始まりの地となるだろう
そのとき私は
この海域こそが

燃える船であったと知るだろう

夜の
カルデラの底の
私を見つめる
千の目
千の星

掌に砂を

音を遠くに
できるだけ遠くに。
秒の砂を
掌にのせて
こぼして
せせらぎのように。
海が忘れていった流木が
文字のように砂浜に立っている。

おねえちゃんを真似て手紙を書こうとして
鉛筆を投げ捨てたきみに
ひとつずつ字を覚えなくちゃだめだよ
そう諭したのは説教じみていただろうか
字なんてきらい、書けないっ
と固まってしまった四歳の娘よ

字は言葉の化石だからね
ほら、「は」なんて文字をなぞってみると
昔々の音が響くよ
はるかな時の

その音を未来へ
はるか遠くの未来に投げて
ぼくと娘は
字のない時間に抱き合っていた
ぼくのトレーナーの裾をつかんでいる
ちいさな指をひろげて
化石でない言葉を

その掌に

海辺の猫

半島のような澱みを
心の中空に引っ掛けて
喜入、前之浜、鈴を過ぎて生見に
ぬくみ、その名のもつぬめり、湿り
懐かしい潮の匂い
その生臭さを呼吸しに行く
八月の海水浴場には
打ちあげられた海月がビニールのよう
波でできた泡
波でできた砂
波でできた風
の心がしくしくと痛み
人は悲しむものであったと思い出す

濡れたって構わないので
ズボンの裾をまくって
泡を作り砂を作り風を作る波に足を浸し
その位置から半島をながめると
捨てられた子供の手がまとわりつく
おまえが父か、と細い声で囁くものがあって
石のように固い悲しさが
子を捨てたことを思い出させる

やがて日が落ち
母の目のような満月が皓々と照り
甘えた心は冷たく見透かされ
蒸気のように細く立ち昇りながら海を見限る

気がつくと隣の空から
猫が次々と落ちはじめ
落ちては着地する猫は
私の顔で唸り
着地してはくるくる
空の虚ろへ昇ってゆくのだった

なびけ、山に繋がって

根占に、行って戻った
山川と根占を結ぶフェリーが廃止になるので
最後の日曜日に往復したのだ
いったん膨らんだ錦江湾の南側で
海のくびれにかけられた航路は
ふたつの港町を四十分で結んでいた
灰皿の裏は錆び毀れ
客席のシートも擦り切れて汚く
そんなところまで消えゆく老兵を思わせた
けれど海からの景色はきわだっていた
開聞岳、魚見岳、知林ヶ島、高隈山、桜島
それらに囲まれて湾は湖のように凪いで
薩摩半島を眺めると
南側の海食崖が
急な斜面をなしているのがわかる
陸を削り取る海の力があらわれている
その縁を大隅半島が包み込みながら
佐多岬で水面に没してゆく
繋がっていたのだなと思う
繋がっていたものが繋がりきれなくなる
その最も低い所から海が侵入して
繋がりが切れたのだ
切れた両方の端から
互いをもう一度繋ごうとする力の形に
この航路はあった
航行速度が作り出す心地よい海風を
寂しくなった頭髪に受けながら思った
人と人の絆も
このように切れるのだと
不意に人麻呂の歌を思い出した
「妹が門見んなびけこの山」
物理的には海や山は人を隔てる堰になる
それを越えても繋がりたい人の心がある
なびけ、山に繋がって
堰を切る思いを
はるかにこえて
行け

勝嶋　啓太（かつしま　けいた）

風景

友人と一緒に
彼の生まれ故郷の町まで　車で行ってみた
なにもねえとこだけどよお
海と　魚と　かもめと　船と
漁師のじいさんとばあさん
いるのは　まあ　そんなもんだな
運転しながら
普段無口な彼は　いつになく饒舌だった
三、四時間ほど走ると海が見えてきた
もうすぐ着くよ　と友人は言ったが
どれだけ車を走らせても
鉛色の空とどす黒く荒れた海のほかは
なにもなかった

魚の腐った臭いが　鼻を衝いた
港には
ペンキの剥げたボロ船が一艘だけ
置き忘れられたように繋留されていた
至る所で　ぼろぼろに朽ち果てた廃屋が
海風に吹かれてギイギイと
不愉快な音を立てていた
ほんとになにもねえとこだなあ
ぼくは　軽口を叩こうとして　やめた
友人は無言で
防波堤にうちつける波をみつめていた
雨が　降りはじめていた

釣りの日の想い出

あれは　ぼくがまだ　子供だった頃だから
もう　ずいぶん　昔のことだけれども
おじいちゃんと一緒に

海へ　釣りに出かけたことが　ある
ふたりで並んで　釣り糸を垂らしながら
空は　どこまでも　どんよりしていて
海も　どこまでも　どんよりしていて
どこからどこまでが　空なのか
どこからどこまでが　海なのか
おじいちゃんは
とても悲しそうな顔で　ただ　黙々と
〈そいつ〉を　釣っていた
でも〈そいつ〉ときたら
なまっ白くて　ぐにゃぐにゃしてて
ぬるぬるしてて　ぶよぶよしてて
目もないし　耳もないし　鼻もないし
手も　足も　尻尾も　ないし
ただ　口だけが　ぽっかり　あいていて
だけど　おじいちゃんは　〈そいつ〉を
何十匹も　何百匹も　何千匹も
ただ　黙々と　釣っていた
悲しそうな顔で　釣っていた

あれは〈魚《さかな》〉だったのだろうか？
おじいちゃんが死んじゃったからわからない

遊泳禁止

せっかく遊びに来たのに
六時ちょうどの日の出とともに
真夜中の方角から飛んできた
百と何十かの銀色の奴らのせいで
海は
水平線の向こう側まで
真っ赤で　真っ赤で
どろどろで
臭くて　臭くて
目が無いのとか　ウロコが無いのとか
頭が二つあるのとか　変にデカイのとか　が
砂浜一面に打ち上げられて
腐れ汁たれ流してるし

カーキ色の野郎どもが
「立入禁止」の札立てて
白い布にくるまれた
赤ん坊とか　ジイさんとか　バアさんとか
おっさん　おばさん　ニイちゃんとか
ネエちゃんとか　いろんなのを
ばんばか　ばんばか　海に投げ捨ててるし
鉛色の　ベトベトした雨も降ってくるし
海の家のヤキソバまずいし
こっちはここまで来るのに
三日もかかってんだよ
泳がせろよ！

半魚人

三丁目の来々軒でラーメンを食べた帰り
ぶらぶらと散歩していると　男の人に
海に行くにはどう行ったらいいですか？
と　声をかけられた
目と目がすごく離れてて　すごい受け口だったので
なんか魚っぽい顔しているなあ　と思ったら
半魚人です　とのことで　納得
休暇を利用して　地上見物に来たのだが
道に迷ってしまった　ということらしい
ヒマだったので　案内かたがた
ぼくも　海に行くことにする
電車とバスを乗り継いで　海に向かう
半魚さんは　やっぱり漁師か何かなんですか？
いえ　自分はサラリーマンです
最近は　温暖化のせいで　海も不景気でしてね
それ　結構　地上人のせいですよね　スミマセン
半魚さんは　どこにお住まいなんですか？
フクシマ県沖です
じゃあ　地震と津波で大変だったでしょう？
実は　そうでもなかったんですよ
わたし　わりと深海に住んでるもんで
ただね　実は　その後の　汚染がひどくてね
今も　出勤の時は　防毒マスク着けてるんですよ

ああ　ゲンパツから漏れたの　垂れ流してますからね
重ね重ね　スミマセン　と
一応　地上人を代表して謝ったりしている内に
海に着く
冬の海水浴場には　さすがに誰もいなかった
どうもありがとうございました　と半魚さんは言って
すごい綺麗なフォームで　海に飛び込み
スイスイスイ～　と泳ぎ去っていった
……やっぱり　半魚人だから　泳ぎが上手いな

水族館

大昔　クジラの祖先は　さらなる進化を目指して
住み慣れた海の生活を捨て　陸に進出したそうな
でも　陸の生活には　なかなか馴染めず
あきらめて　俺　やっぱ　海に帰るわ　という奴と
俺　もうちょっと陸で頑張ってみるよ　という奴に
分かれたんだそうな

で　海に帰った一族は　今の形のクジラになり
陸に残った一族はその後　カバになったのだそうだ
生物学的に根拠のある話なのか　おとぎ話なのか
知らないが　ぼくはこの話が好きだ
カバが海に行ったらクジラになる　っていうのが
なんか楽しい
それに　別れ別れになってしまったカバとクジラが
結局　それぞれに居場所を見つけて
うまくやっているというのも　ロマンがあっていい
水族館に行くと　いつも　この話を思い出す
多分「水族」という部分が　「海に帰った一族」
というイメージを連想させるからだろう
カバの「水族」が　クジラなら
こうやって水槽の中を悠々と泳いでいる
サカナエビカニイカタコクラゲなどなど　の中に
もしかしたら　遥か昔
人間の「水族」だった奴も　いるのかもしれない
そんなことを夢想すると　なんか楽しくなるのだ
……でも　水族館でクジラ見たことないんだけどね

永井　ますみ（ながい　ますみ）

風船島奇譚

どおんと衝撃が走って、海に投げ出されていた。乗っていた船は渦巻いて沈み、プラスチックの白い箱が、ぽっかりぽっかり浮いている。生きている内は生きるようになってるんだ。夢中で水を掻いた。

島だと思ったから近寄ったのだ。砂浜もなく、切り立った崖もない妙な島だ。触れるとしぼみかけた風船のように、へにゃぁと歪む。とにかく登ってみる。まったくこいつは風船のようだ。歩くと不安定にゆらゆら揺れて、寝転がると、背中が温かい。ほっとして少し眠ったようだ。おかんが手を小さく振っている。おおい、どこへ行くんだよ。

咎めた自分の声で目が覚めた。俺は、どこへも行けてない。足元には透明な深い海の色。登っているつもりが滑っている。真ん中とおぼしき辺りへ、四つ足で行進する。ここが真ん中か、窪んだ処に綺麗な水がある。かろうじて貼りついていたＴシャツを、脱いで吊り下げる。長さが、まだ足りない。シャツの袖とズボンを結び合わせて裾を絞る。素っ裸になったが、世界の隙間のような島を誰も見になんか来るもんか。チャプチャプ、水に浸されている感覚が伝わってくる。それを引き上げて口の中へ絞り込む。うまい。その水は甘いのか辛いのかよく分からないが、ぐんぐん気力が充実してくるような気がする。アトピーだけど、日差しの強さも気にならなくなった。腹も空いていたし、そうやって何度も水を吊った。

今回船に乗ったのは、母の弟がやってる漁船の船長が、むりやり連れてきたようなものだった。「いつまでも親の脛かじっていたらあかんやろ。働いた後の気分はええぞ。」って。網に掛かってくる魚を外しているうちは、仕事をしてるという気になったけど、潮に流されだしてからは、いつもと同じ不安感に駆られていた。これが、自分の本当の居場所ってか。

ここではない何処か。ここにはない何か。こうではない生き方。そんなもの、安穏と寝て待っていても姿を現す筈はなかった。分かっているけど、自分の部屋から出るのは怖かった。ドアを開けると、何処へ行くん?とでも言いたそうなおかんの目に遭うのが嫌だった。どこへも行けへんよ、世間には、わけのわからん不安が充満していんやから。

閉じこもって、一日ゲームをして生きのびても、他人の作った人生を生きてみるだけだって、知ってるわぃ。ダメならリセットをして、いつでも新しくなれてしまうんだ。そんな人生あるわけない。でも、いつから心の間口が狭くなったんだろう。小学校で感じていた違和感から中学校で感じた拒否の気持ち。高校ではますます独りぼっちになった。大学は途中で止めた。意味ないから。

ふわふわの、風船のような島の真ん中から湧いてくる水を飲みながら、ここんとこ何とか生きている。どんな舟も通りかからないけど、全然不安はない。負け惜しみで言ってるんじゃないって。夜になったら満天の星空が広がっている。地味に付き合ってきた三人の男友達と、こっそり家を抜け出して、裏山に登ってみた星空を思い出す。「あ、流れ星。」言ってみても、誰にも聞こえる筈ないけど。

その友達とは、誘われたら何処でも行った。彼らを失うのは怖かったから。黙っていても、むりやり話をさせようとはしなかったなあ。奴らだけで、しばらくぼそぼそ喋って、帰ろうやって言うんや。部屋までわざわざ来て、「何して来たの」っておかんが言う。「ほっとけや。」そう大声出したいのに黙ってしまう。裏山で星を見とったなんて、親が信じるものか。何か悪いことをしてるのじゃないかと、俺を見ていつもおどおどしている。

息子は、「じゃあ」と言っただけで、普段のスニーカーのまま出て行ってしまった。「いっつもゲームばっかり。なんぼぅなんでも、あれじゃあ、あかんやろ」と、弟が言うので任せてしまったけれど、弟の船に乗って今頃は、海に網を降ろしているだろうか。ゲームのキーしか押したことのない白い華奢な手が、網から跳ねる魚を外しているのだろうか。

日差しに弱い息子のアトピーをかばって、なんでも代わってやったのが悪かったのだ。「おかん、やっといて」で済ます息子の姿が時に好ましく、時にうとましい。彼との体力の逆転をみると、今頃後悔しても、もう遅いけど。「黙って入って来んな！」という罵声を聞かずに、部屋へスルッと入った。何日も留守をしている息子の、部屋の雨戸を開ける。意外に片づいたベッドの廻り。うすくたまりはじめた埃。部屋の真ん中に丸いクッション。まるでへしゃげかけた風船みたいだ。

窓の向こう、海の方から光が差し込んでくる。微かな波の音がする。息子は光も見ず、風の音も聴かず雨戸を閉ざしたまま、この丸いクッションに、いつでも、いつまでも倒れこんでいたのだろうか。風船のクッションにそっと頭を載せる。そして背中を載せて横たわる。ザワザワザワと耳元にビーズ玉のこすれる音。おだやかな暖かみが、背中から押し寄せてくる。窓から入る、葉裏をすり抜けた風。

ゆくえ不明になった漁船のニュースを聴いて蒼白になった。弟と息子を乗せた、まさしくその船名だったからだ。船の沈没のその後のニュースはないかと、ひっきりなしにテレビのチャンネルを回してみる。

テレビの横に置いてあるガラス玉が光っている。手に取ると消えた。これは息子が中学の修学旅行で、土産にくれたものだ。あの頃はまだ私と会話が成り立っていた。「オレ等が風呂に入っていると、センコーも入ってきたんやで」「水掛けごっこをして騒いで叱られたんや」「そらあかんやろ、あんたらの貸し切りやないんやで」それきりで話は終わってしまったけれど、その終わり方が妙に心にしこったままだ。

ガラス玉を元の所へ置くと、また光っている。今度は、そこへ置いたままそっと覗き込んでみる。底の方で動くものがある。蒼い色は海の色か、茶色のものは人の身体か。その茶色いものは大抵じっとしているが時々、何かを真ん中の蒼いところへ吊り下げているようだ。とっき、とっき、とっき、とっき。ガラス玉の光るリズムが、拍動のように感じる。幼いころに、私が座ると姉と競って膝の上にあがり、胸に抱かれた息子。その心拍を感じていた、あれが最高に幸せな頃だった。私は天眼鏡を持ってきて、そのガラス玉を終日覗いている。

世界は透明な空気だけでできている。少し焼けた身体。肉のついてきた腕や脚。水を飲んでるだけなのに、なんでやろ。アトピーのぶつぶつも減ってきて、何か生まれ変われそうや。今まで変化を感じることが嬉しいなんて思ったことがなかった。感覚はいつも平板だった。というより平板な感情を維持することで自分を守ってきたのだった。

風船島の柔らかい大地に、たっぱんと倒れてみた。大地がゆるやかに、たぱぁん、たぱぁんと揺れている。妙なことに、上の方から何かの視線を感じる。何に似ているかなあ。それは光ではなくて、しきりに瞬きをしているようだ。ネパールの寺院に、やたらでかい目玉が描かれていた。誰かが行ったって、教室で得意気に写真をばらまいていたのを、チラッと見た事がある。あの精一杯見張った目玉に似てるかな。何でも見通そうとする、何でも支配しようとする目玉。見ることなんかで支配なんてできないさ。言う言葉でも、もちろん支配なんかされないさ。平板な壁みたいな存在だった俺。

ふわふわの風船島にわずかに皺が寄ってきている。とっき、とっき、とっき、とっき。この鼓動のような響きはいったい何だろう。島の中心の水が少なくなってきたみたいだ。唐突におかんのことを思いだす。

中道　侶陽（なかみち　ろう）

ジグソーワールド

夕闇、少年は手を翳す
海原を呪い、老人に語る
「こんな隔たりは凍てついてしまえばいい。海が分かつから、争いが生まれる」
老人は言う
「海が分かつために、人、そして人が生まれる」
少年は言う
「分かつものがなくなれば、皆、他人事ではなくなる」
老人は言う
「世界はパズルのようなもの。歪に隔てられるがこそに、
埋まらないピースの隙間を補う材料を探す」
少年は叫ぶ
「そんなものはどこにもない！」
老人は言う
「そうだ。見つからない」
少年は悶える
「だったら何も出来ないじゃないか！だから隔たりをなくすんだろう？」
老人は言う
「お前は、見つからないものを見つからないものとするのか？」
少年はまた叫ぶ
「僕の目には見えない！」

老人はゆっくりと腰を下ろす
「だから私がいる」
少年は泣く
「いつか、あの水平線を越えられる？」
老人は見る。少年と同じ先を
「お前と共であれば」

この身、一途《いっと》

フカイネムリノ海羊水
進化偉業ヲナシトゲテ
ウマレデタイヨ産後SHOW
待ッテラレナイ大イソギンチャク
イカスミタコスミジュウバコノスミ
突つかれゲソゲソしおれても
ウッテハシッテ快走塁

若めダのりのりコンブし効かせて歌声を
ハッテハッテの肩ヒジキ
ヒトデナシと言われても
血ナマコ探すとあるよウニ
パクリ喰いつくハリノサキ
ツラレテ飛びだしゃ船肴場《さかば》
乗らり食らりとヒトデナシ
酒浸いのはおちょぼ口
鮭んでみようかギョギョギョ漁業
オマエイタマエオトコマエ
捌いておくれよまな板の恋
身もココロも焦がされりゃ
骨のある身よキヲツケテ！

白浜

戻っておいで　――行きたくない
懺悔をここに呼びたくない

歩いておいで　——動けない
その足で　　　　行きたくない

——波の向こうにも
行きたくない

——泳げない
何故なら
足がない

——もう何処にも
行かないで

水面

今、私はひとり、海岸に立っている
見渡す限りの群青
私の中に詰まっているのは、返り咲く海への郷愁
誘う波の麓に爪先を差し込んだ

——帰ろうか　帰ろうか
波の旅路へ　帰ろうか——

果てることなく永遠を溶かし続けるこの海原ならば、
私の強欲さえも受け入れてくれるのだろう

私は、何を思い、ただ、足になったか

私は進んでいく
いみじくも、過去という枷を前方にたらし
私は進む
足となり、盲目となり、前後不覚を認知して
海が、私の顔面を蹴る
私はようやく私に戻り、
沈みかけていた目の存在を思い知らされる

キレイだ

だからこそ、私はここに立っているはずだった
だからこそ、私は何故なのかを問わずにはいられなかった
私の顔を濡らしているのは、目ん玉から落ちこぼれる
涙と呼ばれるものだった

それを、返しに来たのではないか？
だから、ここに立つのではないか？

しかし、涙は何も答えてはくれず、
私を溶かすものは、「ワタシ」だというように、
黒の目玉をひたすらに滑り落ちていく

揺れやすい実よ　お前の心などこの波が逆巻き
喰らっていけばいいのに
濡れやすい包皮よ　お前が最も私を困らせる
いっそその純情を持て余し、火炎となればいいのに

——天を、映す。
海は空であり、空は海であった——
潮が、止む。映すのは、私の水面。
誰のものでもあり、誰のものでもない

決別

陽光が止んだ日、
僕は　僕のままで
僕の海に横たわる

ぷっかり浮かんだその先で
盲目に焼き付いていた情景
僕はそれを丸ごと呑み込んで、
腹の底に　沈めた

有馬　敲（ありま　たかし）

海からきた女

かの女は海からきた　頭にこんぶを生やし　口には
サンゴをくわえて　かの女の腹のなかに　生まれた
ときの海の水が　そのまま揺れていた　恥部のテン
グサ　両耳の貝がら

深海の底から抜けてきたかの女の記憶の奥に　とこ
やみで低温の怖るべき圧力の世界があった　何千年
のあいだ　かの女はそれにたえて陸にあがったのだ
灼けつく陽の下で　肌はうろこ色にかがやき　潮の
においがのこった　くびれた腰のうしろに　退化し
たひれの跡があった

核爆発と境界線を拒否した海　かの女の羊水のなか
に　みずみずしい胎児は浮かんでいた　かつてかの
女が持ってあがった潮水のなかに

エウローペ幻想
ロードス島で

むかし　そのむかし
フェニキアのさる王の娘は
ある春の涼しい海風に吹かれて
ヒヤシンスやスミレの花をつんだり
裸になって水を浴びたりしていたのだろう
その美しいおきゃんな娘の背には
ブロンドの長い髪が垂れていた

そのころ　天の神ゼウスは
聖なるオリンポスの山の上から
下界を見まわしているとき
ひときわ光った娘が目についたのだろう
ねたみ深い妻にかくれて
やさしい目のまっ白い牡牛に姿をかえ

そっと浜辺に近づいていった

娘エウローペと牡牛は
すっかり仲よくなって遊んだ
かの女がかれの背に横乗りになると
牡牛はうれしそうに歩きだし
ふいに足を早めて海の中に入っていった
ゼウスはふるさとの島に着いて思いをとげ
エウローペは幸せに暮らしたそうな

いま　一九九三年五月なかば
「騎士の館」のサロンの一室には
北どなりの島から運ばれてきた床に
紀元一世紀作といわれるモザイク模様の
「エウローペ誘拐」が敷きつめられている
その色あざやかな絵の前に立ちながら
ぼくはふっとヨーロッパ地図を想い描く
ギリシアとイタリアは長く伸びた脚
頭がデンマークなら　胸はベネルックス
へそのマーストリヒト　ドイツとフランスは左右の腰か
そしてかの女の右手と衣の先は
イギリスとアイルランドかもしれない
ぼくはジグソー・パズルを解く手つきで
ECの国を嵌めこもうとしている

港湾都市逍遥

ぼくはひとりで
中央駅近くのホテルから
右手のビジネス街へ折れてゆく
この高層ビルの立ちならぶ谷間からは
ユーロマストの先端も見えない
昨日　海に近い運河めぐりの船からあおいだが
思いだす
天高く両腕をふりあげた大男の
恐怖とも怒りとも苦しみともとれる姿を

いつか写真で見た
あのナチ爆撃後に彫刻された
ザッキンの「破壊された都市」は
どこへ行けばたしかめられるのだろう

ほどなく歩行者天国の商店街に出る
ぼくはあふれる人波にもまれながら
白い顔の明るい娘が
南アフリカかインドネシアか知らない若者と
肩を並べて歩いてゆくのとすれちがう

ぼくはひとりで
不案内の港湾都市の路上を
睡眠不足の眼をしょぼつかせ
鈴かけの並木の陰を歩いてゆく

ベルゲン流浪

階段仕立ての登山電車に揺りあげられ
ぼくはフロイエン山の頂に着く
肌寒い風に吹きさらされながら
灯のきらめく漁港の夜を見おろす

七つに重なる山に囲まれて
ドイツふうの赤茶けた家並みが
ふもとの中ほどまで押し寄せている
ハンザ同盟ゆかりの傾いた木造の商家は
たしかあの海岸の　あのあたり

はるか東の　島のひとつから流れてきて
なじみうすいグリーグの　朝の音楽に
いまさら調子を合わそうとするな
切り妻造りの褐色の屋根の下の白い壁に
昼間咲きみだれていたブルークロッカスの花を
柄にもなく憶いえがこうとするな

この蘂しべのような痩せた身で
ユーラシア大陸の西のはての古い港に漂いついたのだ
ブリッゲン岸壁にあつまる白い帆船の群れを
うす闇に透かして視よ

喜望峰屹立

岬の先にむかってきつい風が吹く
岩の壁を越えて白い波がしぶく
〝アフリカ大陸の最南西端
「最南端はアグラス岬」 喜望峰〟
英語とアフリカーンで記された標識の近く
一台の黒い日本車が
乗り捨てられている

燈台が立つディアス岩の
突きでた崖の端
大きい空に白い雲が三つ　四つ
まぶしすぎる太陽
大西洋とインド洋が一つになる場所に
ぼくはいま
ぽつねんと突っ立っている

海

海はひとつ
海は生きている
海はわたしたちの先祖が生れたところ
海は鉱物のとほうもない倉庫
海は波打つ博物館

その海をごらん
工場の廃液が捨てられた
残された機雷が流れてきた
核爆発が実験された
政治の境界線がひかれた

おお　世界の夜の海
そこでは怒った人魚の声がきこえる
わたしたちの海はどこだ
わたしたちの海を返せ
わたしたちの海を独占するな

Ⅲ　海の詩

――現代その二

なんどう　照子（なんどう　てるこ）

声

今日も私は声を探している
声をなくしてからもうどれくらいたっただろう
暗い裏道の吹きだまりに
凝った声のかたまりを見つけた夜があった
手にとって透かしてみると　声はいう
生まれて間もない子供が死んだのだと
子供の手はちいさくて　指は糸のようだったのに
ぬくもりが体をつらぬいて　いまもはなれないと
女の声だった
少し似ているような気もしたが
私の声ではなかったので
そっともとの場処へかえして私は立ち去った
さまよって空を越えていくこともあった

遠い東の海に　波にまじって聞こえる声もあった
船の舳先が天をさして雨に打たれていた
船に戻れなかった男の声だったのかもしれないが
探していた声ではなかった
どろのような海がせりあがり
私のいのちが終わった日だ　私は声をなくした
声はどこかで風にさらされているだろう
殺された声をさがしてだれかが行くだろう
歳月が私を忘れたように
海からたちのぼるもののようにして
すべての声が洗われていく
ながれていく声たちは
やがてまた世界へ降り出すだろう
一本の木の根本に　山の岩陰に　川の流れに
魚になり　水になり
そこは昔　海だったところだと伝えられ
隆起し　海がひき
白い岩石が雨に洗われて
骨のような支柱が身を細らせ
空に向かって年月を支える

余分をあっさりと時間に削らせて
無言のかたちに
私もいま白い骨になり
語ることのない身を
夜の闇へ輝かせ
声の在りかを探す

町

降り立つと
駅前の道路には
一台のタクシーが止まっていた
運転手は私たちを乗せて
町のあったその日を走りだす
朝には確かにあった町の
新築の家の鍵を
その朝に受け取った人がいた
子供たちは学校に行った
役場は働いていた
公民館にも話が咲き
郵便を配達し手紙が届いた
銀行は振込まれ送金も数えていた
牛乳は白い甘さで
瓶の中うっとり揺れていた
農協の玄米も必要にせまられては精米され
コンビニは小さな町に競争相手もあったのだ

通りは交差しバスは時刻通りにやってくるはずの
陸橋は避難する場所ではなかったはずの
渋滞も命取りにまではならなかったはずの
公民館は二階建てだったので
避難所ではなかったといわれていたはずの
小学校からは今日も
子供たちがそろって下校したはずの
午後にはその鍵であけるはずの
町に家々は灯っていたはずの

時間が
午後二時四十六分で止まっていた

中学校の校舎の壁にかかる丸い時計をみあげる
校庭には三隻の船が
港を見失って遭難していた
黄色い花が風にゆれている

走り続ける
道路脇のところどころに
持ちこたえて
流されなかったあちらこちらの家々が
風の吹きぬける
がらんどうの部屋の窓から
風景を覗いている

土台の崩れかけた
川を遮る堤防の壁に
カモメが一羽とまっている

近づくと
飛んで行ってしまった

見慣れた
町がひとつ
どこへいってしまったのだろうかと
途方にくれながら

白い夜の底で

白い夜の真中で
私はふたつに裂けるだろう
つぎの夜の真中で
さらに私は裂けるだろう
夜と昼のもつれ合う連続を
私はさらに裂けつづける
裂けながら私は孤独の部屋を宙に舞う

ちりじりに裂けつづける私は
遠い東北の雪の町に
軒を連ねる仮設住宅の
真昼に灯り続ける蛍光灯に照らされて
壁に滲む雨の滴をみつめていた
住み慣れた住処の海辺を
遠く離れて
赤い郵便受けに
どんな便りをうけとることもなかった
あてがわれた整理箪笥の
あいたままの下から二段目に
たましいのひとかけらを
しまいわすれた私は
ひとりの老いた男だった
白い夜の底で
裂かれながら
今日も殺されている
名前も忘れられた
ひとりの
孤独死の

新聞記事のかたすみに
イニシャルもない
身元もしれない
都会のにぎわいにまぎれて
食べ残しのカップラーメンだけ
破れ畳にころがして
死んでいった男の話を
いつか読んだこともあった
白い夜の真中で

若松　丈太郎

（わかまつ　じょうたろう）

切籠《きりこ》に火を灯す

1

暗い
海
と
暗い
空
との
境界
光
灯る
揺れる
連なる

光
いくつも
連なり
漂う
灯火
海
と
空
との
境界
異界
の
火
永遠
の
生命
の
根源
龍灯《りゅうとう》
灯る
揺れる

連なる
光
永遠
の
生命
を
願って

2

沖合に現れる蜃気楼をこのあたりの人びとは喜見城《きけんじょう》と呼んでいる。喜見城とは世界の中心に聳える高山、須弥山《しゅみせん》山頂にある帝釈天《たいしゃくてん》の居城で、天人たちが集《つど》って遊楽するところだという。海の彼方にユートピアの存在を想定したのだ。常民が異人を懇ろにもてなす風習はそうしたユートピアへの憧憬をあらわす行為なのだろう。夜の海上に漂う光もそのユートピアから届けられた永遠の生命をもたらす龍灯だと人びとは信じつづけている。

3

夏の能登
浜辺の集落はどこも
日没を待って
灯火を灯す
切籠を担いだ人びと
行列をなして浜辺へ
切籠が連なってさながら
地上の龍灯
海上の龍灯を招く
柱松明《はしらたいまつ》に火を入れる
星夜を踊り明かす
常世は見えたか
白んできた東の空に
狼星《シリウス》を随え下弦の月が昇る

＊輪島大祭は八月下旬（二十二〜二十五日）に輪島市内各地でおこなわれる。

みなみ風吹く日　1

岸づたいに吹く
南からの風がここちよい
沖あいに波を待つサーファーたちの頭が見えかくれ
　している
福島県原町市北泉海岸
福島第一原子力発電所から北へ二十五キロ
チェルノブイリ事故直後に住民十三万五千人が緊急
　避難したエリアの内側

たとえば
一九七八年六月
福島第一原子力発電所から北へ八キロ
福島県双葉郡浪江町南棚塩
舛倉隆さん宅の庭に咲くムラサキツユクサの花びら
　にピンク色の斑点があらわれた
けれど
原発操業との有意性は認められないとされた

たとえば
一九八〇年一月報告
福島第一原子力発電所一号炉南放水口から八百メー
　トル
海岸土砂　ホッキ貝　オカメブンブクからコバルト
　60を検出

たとえば
一九八〇年六月採取
福島第一原子力発電所から北へ八キロ
福島県双葉郡浪江町幾世橋《きよはし》
小学校校庭の空気中からコバルト60を検出

たとえば
一九八八年九月
福島第一原子力発電所から北へ二十五キロ
福島県原町市栄町
わたしの頭髪や体毛がいっきに抜け落ちた
いちどの洗髪でごはん茶碗ひとつ分もの頭髪が抜け

落ちた
むろん
原発操業との有意性が認められることはないだろう
ないだろうがしかし

南からの風がここちよい
波間にただようサーファーたちのはるか沖
二艘のフェリーが左右からゆっくり近づき遠ざかる
気の遠くなる時間が視える
世界の音は絶え
すべて世はこともなし
あるいは
来るべきものをわれわれは視ているか

はるかからの波

沖からの風
沖からの波

時間を超えて
記憶を超えて

砂浜に甲殻類の姿はない
空中に鳥類の姿はない
海中に魚類の姿はない
あらゆる生きものの姿はない

人という愚かな生きものが絶滅した
すべての生きものたちを道づれにして
百万年いや一千万年も過去に

海は孕んでいる新しいいのちを
はるかからの風
はるかからの波

＊制作年　「切篭に火を灯す」二〇〇五年
「みなみ風吹く日　1」一九九二年
「はるかからの波」二〇一五年

鈴木　比佐雄（すずき　ひさお）

プルシャン・ブルーの海

プロシアの青
西洋の画家たちが探し求めた
プルシャン・ブルーを見たいと思っていた

突然、陽射しが……。
紫陽花の濃い緑葉が生い茂り
少しずつ紫からブルーに色を変えた花花の上を
二匹のもんしろちょうが
逆方向から飛んで来て
一瞬交わったと思うと離れ去った
白い軌跡が紫陽花の濃い緑に反照して白い傷を残した
今日は、約束の日だった

プルシャン・ブルーの海を見に行くはずだった
陽射しが……アスファルトを焦がし
靴底がねばついてきた　海がにおってきた
その人を探しにふたたび歩き始める
いつしか足もとは黒い砂に変わっている
海のない砂浜を無数の人々が行き交い
誰一人として知るものはいない

突然、見知らぬ手が……。
しなやかに手を振りながら近づいてくる
たしかに、その見知らぬ人と
プルシャン・ブルーの海を見に行くはずだった
遠くに子供のころ遊んだ運河が見えてきた
そのはるか向こうに海が波打っていた
「憶い出してくれて、ありがとう」
その人は笑いながら海の方を指さした
私は白い波頭が白い氷に変わり
その中から白鳥が羽ばたくのを見ていた
その人は光が波頭を赤く染め
火花の中から火の鳥が産まれるのを見ていた

私たちは灰色の波頭がマリンブルーを濁らせ
海水の中から瑠璃色の鳥が飛び立つのを見ていた

プロシアの青が壁のようにそそり立ち
黒い砂にその青をにじませ消えてゆくと
無数の生まれるはずのない私たちの子供たちが
手に手に小さな熊手を持ち潮干狩りをはじめ
おびただしい赤貝・青貝・真珠貝などを掘り起こす

突然、陽射しが……。
その人の眼がプルシャン・ブルーに染まる
私のアスファルトの瞳に
無数の子供や貝や鳥や波頭が
ブルーのかけらとなって飛び散っていった

海を流れる灯籠

とうろう　とうろう
とうろうをながすときがやってきたよ
にいさん　ぼくはでてしまうよ
はやくきて　あのとき
ぼくがしんだときだって
とうさんがなくなったときだって
まにあわなかったじゃないか

灯籠を流してしまうよ
そんな声を波間に聴いた気がした
打ち寄せる浪と水平線の光景にひかれて
夏草の生い茂る峠道を歩いていた
山際に夕陽が落ちてゆく反射光で
弓面の海上の空と海は虹色に染まり
この世のあらゆる色が現れ出てきた
ああ　どれでも好きな色を
自分は選ぶことができるな
山道の傍らにノカンゾウが咲いていた
この燃え尽きる前の炎の渋色の花を一輪
灯籠舟に乗せてもらおう
夕陽が落ちる前に入江に辿り着かなければ

身体を前傾し小走りで降りていった
日没直前の夕闇の中に
烏瓜の灯籠を手にした少年の背中が見えた
きっと川で溺れた友達や病死した妹を
みおくるためにいくのだろう
少年の背中ごしに入江が見えた
多くの肉親を亡くした人が灯籠を持って集まってくる
内海から外海へと灯籠が流れ始めている
長崎原爆で兄を亡くしたA先生も
広島原爆で妻を亡くしたO先生も
きっとどこかで灯籠を流しているだろう

おじさん　たいへいようがきっと
とうろうでいっぱいになるといいね
オキナワ、チョウセンやチュウゴク、アジアのはま
べに
ロシアにもハワイやアメリカほんどにもつくといい
ね
ぼくはさきにいっているよ
カムパネルラとのわかれをおしみたいから

とうろう　とうろう
灯籠に乗り込む弟や父に
一輪のノカンゾウを手渡すために
わたしは賢治の眼をした少年の後から
五輪峠を駆け降りてゆくのだ

シュラウドからの手紙

父と母が生まれた福島の海辺に
いまも荒波は押し寄せているだろう
波は少年の私を海底の砂に巻き込み
塩水を呑ませ浜まで打ち上げていった

波はいま原発の温排水を冷まし続けているのか
人を狂気に馴らすものは何がきっかけだろうか
検査データを改ざんした日
その人は胸に痛みを覚えたはずだ

その人は嘘のために胸が張り裂けそうになって
シュラウド（炉心隔壁）のように熱疲労で
眠れなくなったかも知れない

二〇〇〇年七月
その人はシュラウドのひび割れが
もっと広がり張り裂けるのを恐怖した
東京電力が十年にわたって
ひび割れを改ざんしていたことを内部告発した
二年後の二〇〇二年八月　告発は事実と認められた

私はその人の胸の格闘《ひびわれ》を聞いてみたい
その良心的で英雄的な告発をたたえたい
そのような告発の風土が育たなければ
東北がチェルノブイリのように破壊される日が必ず
　来る
福島第一原発　六基
福島第二原発　四基
新潟柏崎刈羽原発　三基
十三基の中のひび割れた未修理の五基を
原子力・安全保安院と東京電力はいまだ運転を続けて
　いる
残り八基もどう考えてもあやしい

国家と電力会社は決して真実を語らない
組織は技術力のひび割れを隠し続ける
福島と新潟の海辺の民に
シュラウドからの手紙は今度いつ届くのだろうか
次の手紙ではシュラウドのひび割れが
老朽化した原発全体のひび割れになっていることを告
　げるか

子供のころ遊んだ福島の海辺にはまだ原発はなかった
あと何千年たったらそのころの海辺に戻れるのだろう
　か
未来の海辺には脱原発の記念碑にその人の名が刻まれ
その周りで子供たちが波とたわむれているだろうか

（初出二〇〇二年）

曽我　貢誠（そが　こうせい）

生命《いのち》の中を海は流れる

太古の昔から　今も
私の体を海は流れる
今から明日へ　そして未来へ
体の中を海は流れ続ける

冷えたビールの泡も
酔っぱらったオシッコの泡も
生命の起源だという
小さな泡の中に生命を灯した

遠い昔、地球に海が出来たころ
月が隣に引っ越してきた
太陽と不思議な力に導かれて
波打ち際に無数の泡を作った

その泡の中に、海は出たり入ったり
そんなかくれんぼに飽きたころ
ＤＮＡだのミトコンドリアだのが
勝手に入り込んで住み着いた

小さな生命はそんな海から始まった
そういえば喧嘩で出た鼻血も
溺れかかって飲み込んだ海水も
みんな同じ塩《しょ》っぱい味がした

一個の泡は
二つになり四つになり八つになり
やがて兆を越えるまでになっていた
その中を海は静かに流れ続ける
ミジンコ、ワカメ、サンマ、
タンポポ、トンボ、オランウータン
名前は違うが根っこは同じだ

そしてヒトへと続く奇跡の旅路

そんな小さな何兆の泡たちは
不思議な力に引きつけられ
体を寄せ合いながら生きてきた
その中を静かに海は流れる

そういえば地球も
宇宙に浮かぶ一粒の泡
暗闇の中にかすかに光る小さな泡
その中でも海は確かに流れている

太陽の光に照らされて
なんと蒼々と、
なんと輝いて、
なんと寂しげに……

海のかなしみ

ぼくはアカウミガメ
ある日クラゲと間違えて
ビニールを飲み込んでしまった
息ができなくて　苦しんだ
そしてぼくは死んだよ

わたしはアホウドリ
エサだと思って食べたのは
糸のついた釣り針だった
喉の奥に突き刺さったまま
アラスカの海までなんとか飛んだわ
でも命はそこまでだった

おれはフクシマの沖合を泳ぐ
男前のマコガレイだ
気がついたら築地の水槽の中
トラックの上に乗せられたところまで

覚えているけど、その後の記憶はない

海を昇る朝日がまぶしいのは
生命を育んだふるさとだからだ
沈み行く夕日が美しいのは
生命が還るゆりかごだからだ

最近、海は不安を感じている
お腹に入っているアカウミガメも
アホウドリもマコガレイも
みんな涙の味がすると

想定外

大地震も大津波も
実は　想定内
富士山の噴火も
巨大台風も
みんな　想定内
自然界の現象は
ほとんど想定の範囲内

想定外が　見つかった
薄い地殻の上に立つ
原発

死者の一言

人はいつも死者に対して
ある種の負い目を持って生きている

友
あのとき、もう少し早く病院に連れて行っていたら
私

あのとき、望み通り家の畳に寝かせてあげたら
津波の映ったテレビで
あのとき、あの手を離さなかったら

そうやって、心に棘《とげ》を感じながら
人はいつも自分を攻め続ける
そのせいかもしれない
死者は人の心に宿り、共に生きている

ところで死者は、そのとき
どんな思いで往ったろう
薄れ行く意識の中で
たぶん言い忘れた一言を残して

いいえ、そんなことはない
十分してもらったよ
ありがとね　と

不死鳥の墓

海を照らす月光よ
想い出の話を聞こう
砕け散った魂は
どこまで沈んでいったか
母なる海は何も語らず
岩肌に子守歌を奏でる
大いなる涙は　少しずつ
悲しみを溶かしてゆくだろう

凍った地上に輝く星よ
永遠について話そう
何万光年　何億光年からの
遠い異国よりの使者
煌めく光の鼓動を耳にしたとき
宇宙の不条理を了解した
もしかしたら　人は　この星空に
永遠に　死んでゆくのだろう

宮川　達二（みやかわ　たつじ）

海の心象

海の青が闇に溶けこみ、波は穏やかに打ち寄せている。焚き火の向こうのヨハネスが、夜空を指さした。真紅の長い尾を持つ星が北の方向へ向かって流れてゆく。大きな弧を描いたその星は一瞬のうちに消え去った。星の動きに音はないはずだが、轟音を放っていたような錯覚を覚えた。ドイツ生まれの彫刻家ヨハネスが、確信に満ちた声で私に「―comet―（彗星）だね」と英語で告げる。

鎌倉から京都を経た旅の三日目の夜、我々は福井県の小さな岬の海岸でテントを張り、砂浜に座って空と海を見ていた。鎌倉の隣人ヨハネスは、眼に見えないものを信じ、我々の存在をより深く宇宙と結びつけている男だ。蝋燭の光を愛し、文明を拒むような彼の生き方。夜空に彗星が現れたのは、私とヨハネスとの旅を、宇宙の彼方の大いなるものが祝福したのだろうか。

ふとゴッホが書簡で

――星へ行くためには死ねばいい――

と書いていたのを思い出す。こう書かねばならなかったゴッホの孤独。鮮烈な色彩に情熱を込めた「星降る夜」という絵を描いた画家。牧師にもなれず、娼婦だった恋人も去っていった不器用なゴッホの生涯。空駆ける星の輝きを見て、ゴッホの心の一端に触れたように感じた。

宇宙とつながる岬で、私の内に広がる海の心象風景。ヨハネスがいつものように、ブルガリアの歌を口ずさみ始めた。旅先で聞く異国の旋律。星や街灯りの幾つもの色が凪いだ海に揺らめき、夏の終わりの夜が更けてゆく。

海に降る雪

飛行機が千歳空港に着くと、真っ白な雪の世界だった。札幌から、友が住む小樽へ向かう列車に乗った。銭函を過ぎると海に雪が降りしきり、その彼方に鉛色の海が見え隠れする。その日の夜、友と小樽で酌み交わして、亡くなったばかりの彼の父の事を語った。戦後シベリアへ抑留されて、三年後に日本へ戻った大正生まれの陸軍少尉だった彼の父。

翌日の朝、仕事で岩内へ向かう彼の車に同乗した。時々吹雪く海沿いの道を運転しながら、彼は自分の歌を私に伝えた。

――後ろ髪引かれるごとく振り返る

　　海鳴りの街風荒ぶ空――

彼は最近、小樽に住む恋人と別れたらしい。事情はともかく彼の好きな啄木調の感傷的な歌である。ただし、小樽に住んでいなければ詠めない歌だ。

忍路《おしょろ》という村の入り口で、ひとり手拭いで頬かむりをして雪の中を歩いている男の横を通り過ぎた。大きな孤独感が滲み出る後ろ姿。

岩内は、漁師画家木田金次郎の故郷である。友の仕事が終わるまで、岩内港近くの美術館で木田の絵を見て時間を過ごす。荒々しい筆致、強く自分を引きつける力を持った作品群。有島武郎が木田を主人公に「生れ出づる悩み」を書いた理由が少しわかった。

帰り際、友は車を岩内の背後の丘の上へ回した。曇った空の下、日本海が見渡せる地点で、友は私にこう言った。

「この丘から夜は、イカ釣り漁船の発する幻想的な光が一面に見えるんだ」

私は、夜の岩内の海の光景を思い描く。海に降る雪に滲んだ漁火、月光の下で水平線に並ぶ漁火、星の瞬く夜空に立ちあがる幾本もの漁火……。

小樽へ帰る途中の余市海岸で、朝に忍路で後ろ姿を見た男が歩くのに再び出会った。徒労としか思えない長時間の歩行。髯面の顔は、雪と氷で真っ白に覆われ凍りつくようだ。車は先へと進み、男の姿が後方へ、後方へと遠ざかる。夕暮れの近づく海に雪がまた降ってきた。

深い海の底

「君にはほかにどんな帰り方もなかったのだ。
——海峡の底を歩いて帰る以外」
井上靖　散文詩「友」より

陽光が遙かな空から
深い海の底へ届いている
夜には青白い月光さえ漂う深い海
私は知っている、海に散った人々が
果てしなく広がる海の底に眠ることを

平家一族の壇ノ浦での滅亡
タイタニック号の氷山との激突
日本海海戦の戦没者たち
沖縄特攻に於ける戦艦大和の無残な沈没
南の島での数々の悲惨な戦い
特攻の若者たちの死
海の歴史に埋もれた名もなき人々の群れ

私はひとり海の底を歩いている
故国への遠い道
父母も多くの友も既に世を去っている
失われ行く遠い記憶

私はひたすら海の底を歩いて
故国へ帰らねばならない
私には心から愛した恋人がいる
憧れの緑豊かな大地
夢見た星降る夜空

深い海の底の一歩は遅々としている
しかし、歩く以外に
孤独から愛へ進むことはできない

沈黙が支配する深い海の底に旋律が流れる
これは挽歌ではない
決して諦めない心の在り方を持つ者
その人々だけに響く祈りの歌だ

海からの声

海岸の街に住む女性が、ひとり息子を海で亡くした。寡黙で世間とは馴染めないサーファーだった青年はある日突然、海に消えて遺体は上がらなかった。家からサーフボードが持ち出され、砂浜には彼の自転車が残されていた。彼の死は自殺ではなく、事故だったと知り合いの誰もが言った。

彼には、同じ海岸の街に住む恋人がいた。彼女は彼が亡くなった日の夜、開け放った窓に海から彼の助けを呼ぶ声を聞いた。青年の身に何かが起きている。彼女は不安を感じてすぐに海へと走った。しかし、暗い海には穏やかな波が押し寄せ、漁火が遠くに見えるだけだった。

息子を亡くした母の悲しみは深く、季節や天候を問わず、毎日海へと向かった。サーファー達の姿を見ることは悲しみを増すことだった。だが、海に呑み込まれた息子の遺体が偶然上がるかもしれず、決して海へ行くことを止めなかった。


時折、砂浜に佇む息子の恋人と出会った。母である自分より深く息子の死を悲しむ女性。一度だけ、砂浜で立ち話をしたとき、彼女は息子がいなくなった日の夜、海から助けを呼ぶ声がしたことを語った。確信に満ちた、息子の恋人の不思議な言葉。

海の底に沈んだ青年。海でひたすらサーフィンをすることだけを楽しみとしていた青年。彼は命尽きるとき、恋人に向かって声を限りに叫んだ。

長い時を経た今も、母は海へと向かうことがある。日差しのきつい夏、荒涼とした冬。いつしか、恋人だった女性の姿は砂浜から消えた。しかし、母はこんなことを信じている。恋人だったあの女性は、息子を忘れ去ったのではない。新しい人生に踏み込んでも、青年の「海からの声」を一生心の奥底に秘めていることを。

神月　ROI（かむづき　ろい）

浜辺で拾った古びた小瓶～遺書～

懺悔《ざんげ》をしたい
神なんて信じてはいないが　懺悔《ざんげ》をしたい
俺は傭兵ではあったが殺人鬼では無かった
まだ辛うじて世界が平和だった頃
俺は外人部隊の傭兵をやっていたんだ
ビジネスとしてだ
いつだって殺される覚悟を決めていたつもりだった
それが今となっては怖いんだ
こんな形で死ぬのは怖い

遠くで銃声が聞こえる
咽《むせ》び泣く女の声が聞こえる
死にそうな男の呻《うめ》き声が聞こえる
田畑が焼かれ家が燃える臭いがする

森を濡らす雨が全て血の色をしている
昔は自《みずか》ら戦場に赴《おもむ》いていた俺だった
外国の内乱を鎮める聖戦と言う大義名分を払って
それが正義だと思っていたんだ　愚かなことに……
小さな戦争が火種になり世界中に広まるまで
俺は何も判っていなかったんだ
戦争に勝者は居ないということに

動植物の様に今を必死に直向《ひたむ》きに生きることの尊さ
今の俺なら判る
何故 俺達人間は同じ過ちを繰り返すのだろう
世界は本当に美しいのに
その美しさを穢《けが》すのはいつだって俺達なんだ
知識を持つ人間達はいつも間違うんだ
俺もその一人だ
何かを護る為に戦うことは悪では無いが
善でも無いのだろう
知恵を知識に　武器を凶器に　水を酒に　酒を血に
傲慢な思想で根底の愛を壊してしまうんだ

世界は俺達を見捨てたりはしない
その代わり許してもくれない
ただただ在るがままに受け入れてくれていることに
俺達は感謝を忘れて生きている

戦いを終わらせる為と血の粛清《しゅくせい》を繰り返し
屍の山を積み上げて　金を貰い……

俺はある意味　正しく生きてきた
捻じ曲がった正しさを主張して生きていた
何故 相手の正しさを認める心が無かったのか
悔いてもどうにもならないんだ

混戦の中　俺が撃った銃弾で戦友が死んだ
俺が殺したんだ
敵なんて本当は何処にも居やしなかったんだ
そして今　まさに俺も虫の息という訳だ
鉛玉の雨を身体中に食らったから
深い森の中で　傷を癒す術《すべ》も無い

やがて俺の身体は腐食して

鳥達に啄《つい》ばまれ　動物達に齧《かじ》られ
近くにせせらぐ小川に住む魚達も
俺の肉を食べるだろう
遺された部位は森が再生する為の腐葉土になるだろう
そうやって俺は還ってゆくのだろう
数多の命を育んだ海へと本来の形で還るんだ

親なる者　自然　大地　海
俺の魂は空へと

孤独に織り綴《つづ》るタペストリーの様に
罪を罪で塗り重ねてきた俺が世界に還れることが
この上無い救いで　凄く幸せなことなんだろう

これを　この遺書を読んでくれたアンタ
いつかの未来に届くかも知れないこれを読んだアンタ
俺の所業《しょぎょう》を赦せないだろう
戦争屋の俺を赦せやしないだろう
憎んでも良い
俺達が殺戮《さつりく》を繰り返した時代を憎み続けても良い

その憎しみを
世界に還った俺達に本当の愛で受け止めさせて欲しい
俺達が死んでも命は続くんだ　きっとそうだろう

未来を紡ぐ為に　親なる者と同化した俺達が
思い遣り　認め　壊れた愛を再構築するさ……
それが俺の懺悔《ざんげ》だ……
赦せとは言わない　いや　言えないんだ
だから代わりに憎しみの連鎖を断ち切らせて欲しい
これを見つけたアンタに頼みがあるんだ
少しずつで良い
相手を思い遣る心を常に持っていて欲しい
それを沢山の人に教えて欲しい
どうしても赦せない相手がいたら赦さなくても良い
その代わりなんだが　ソイツが信じる神に……
赦して貰える様に祈ってやって欲しい
小さな思い遣りからきっと世界は再生してゆくんだ

目が霞《かす》む　過去の記憶しか見えない
楽しかった頃の　幼かった頃の思い出しか見えない
もっと寒いものかと思っていた
もっと暗いものだと思っていた
死ぬのは怖いが解放される喜びすら感じているんだ
光が見える……世界の息吹を感じる……
俺は還るんだな……

運命の羅針盤

覚えているだろう　若かった俺達の約束を
夢と希望で胸いっぱいだった頃
何の迷いも恐れも無かった
二人でなら乗り越えられるとそう信じて疑わなかった
この人生という名の大海原で　夜は北極星を頼りに
朝は太陽の光を背中に受けて必死に走り続けていた
博打の様な運命の航路に着いた俺達は
とてつもない大きな壁に打ち当たり
何の為に頑張ってきたのか
もう判らなくなってしまっていた
迫害と言う荒波に飲まれそうになり

マストに掴まって立っているだけでもやっとだった
俺達が目指した理想は遠過ぎた
同じ血が通っている筈なのに……

嗚咽《おえつ》が止まらない程に泣いて泣いて　泣き尽くして
項垂れているお前の手に握られたままの羅針盤《らしんばん》は
今は何処《どこ》を示《しめ》しているんだ

俺達なら大丈夫だと信じている気持ちは変わらない
だけど無謀過ぎたんだ
この大海原を渡るにはあまりにも無知だったんだ
志《こころざし》だけではどうにもならないことも沢山あったんだ

絶望と言う嵐が船を沈めようと押し寄せていた時も
怖くて逃げたくても強がるしかお前には術《すべ》が無かった
俺の前では強がらなくて良いんだ
俺はお前に運命を委《ゆだ》ねた人間だ
俺は無条件でお前を信じているんだ
弱っていても打ち拉《ひし》がれていても
お前と俺は必ず共に立ち上がり
打ち勝つ為に敗北から学び取る力を持っているんだ

だから俺を連れてきてくれたんだろう？
もう一度やり直せば良いんだ
結果なんて後から着いてくるさ
その過程で大事なものが見つかる筈だ
今の様にな

俺が信じるお前のことを否定しないでくれ
だからお前も自分をもっと信じてくれ
小々波《さざなみ》の様に押し寄せ 泡の様に簡単に消える様な
そんな藻屑《もくず》の様な人生なんか生きていないことを
俺達が証明するんだ

また二人でやり直せば良いんだ
俺達なら乗り越えられる
お前を貶《おとし》める奴が現れたら俺が盾になろう
お前が俺の背中を黙って護《まも》り続けてくれた様に……
世間からの否定も批難《ひなん》も恐《おそれ》ることは無い
そうすれば答えは出て来る筈さ
自分の中で人生の勝利と栄光を掴み取れば良いんだ

吉田　慶子（よしだ　けいこ）

ぶりこの海

もともと
海には　色がない
月があがれば　月の色になり
雪つぶが浮かべば　雪色に変わる

ぶりこで腹を重くしたハタハタを
無数に孕んだ海は
のこぎり波を天に向け
狂った音程でふくらむ

雷　鳴ったどー
ハタハタ　来るどー
舟コ　出せー

箱　持って来え

つらの皮　ひん剥くような
北西からの雪風に
男も女も　荒磯に立ち
裾を　バタつかせる

重い腹をかかえ
岸寄りの海草をめざすハタハタで
男鹿《おが》の海は
ハタハタ色に　染まる

獲れて獲れて
「箱持って来えば　ただ」
と言ったのは　昔の話
ぶりこの玉で　浜が埋まった

獲り過ぎた
海がよごれた　水温が上がった
ぶりこを産み付ける海草が

育たなくなった
　地元も　漁師も　研究者も
　　苦慮と反省と
　　　策と協議をくり返し
　　　　今年の上限を八〇〇tと決めた

　　　　ハタハタ色の
　　　濃い海がもどるまで
　漁師とハタハタ好きの忍耐は
これまでになく　きつい

なにしろ
ハタハタのない正月は
秋田の正月ではないのだから
ほらほら　また雷が光る

手コかざして見ても

おら　海だ
ありったげ　手足伸ばして
こなだりさ　ながまってる　海だ
男でも女でもねえ　ただの海だ

あえー　お前《め》はん
しばらぐだったごと　まめだったが
十五、六のお前《め》はんだば
毎日のように　ここさ来て
ホロッホロッて　泣ぐもんであったなあ
母親と気持コ合わねくて
ああ言われだ　こう言われだって
おらさ向かって
ホロッホロッて　くどいで泣ぐもんであった

そのたんびに
チャプラチャプラと　波コ立でで

おら　愛想したもんであったなあ
せば　すっきりした顔コになって
涙コ拭いで　帰って行くけなあ

お前《め》はんばりで　ねがったよ
若げ嫁はんも　ええ年の姑はんも
かが亡くしたじいさんも
次々にここさ来て　涙コ流すだけ流して
すっきりした顔コになって　帰って行ったよ

海だば　ただただのんびりと
ながまってるように見えるべども
風コと相談して　波コ立でだり
たまには　吠えるような海鳴りひびかせだり
なかなか　いそがしいもんだよ

魚コだの貝《きゃ》コだの　適当に遊ばせて
船コも　ええぐあいにすべらせて
波乗りの若え者の相手も適当にして
寝るひまもねえようなもんだなあ

それはそうと
ひまがないのは　なんとかなるども
心配ごとが増えだのには　頭が痛くなる
地球は丸いから　お前《め》はんがたが沖の方見でも
手コかざしたぐらいでだば　見えねべども
日本海のはるか沖でだば
大変なごどになってるよ

特に　戦争法と呼ばれる安保関連法が
みっともない形で　国会を通ってからは
連日　戦争のトレーニングだよ
射撃演習の音のはげしさだば
どでんしたもんだ
鳥コも魚コも　おどげでねえ眼《まなぐ》コして
ふるえあがってるよ

おらだって
いつ　まちがって撃たれるか
空母艦から飛び立つはずの戦闘機が

いつ　落ちで来るかわがらねがら
うっかり　ながまっても　えられね

地球は丸いから
手コかざしたぐらいでだば　見えねべども
とんでもねえ　おっかねことが起きでるよ
ほっほー　おっかね　おっかね

七〇年前の
血と涙で　ドロドロによごれた海が
また再現されだら　なんとするべ
そればりは　やめでけれって
早ぐ　民主主義の大波が立ってけで
人も鳥コも魚コも
みーんな笑ってくらせれば　ええなあって
ねがいながら　ザブンザブンて
うなってるなだよ

浅見　洋子（あさみ　ようこ）

とまどい

漁獲資源の乱獲
山木の大量伐採による土砂流入
ビニール袋・ペットボトルの排出
有機水銀・ＰＣＢの化学物質放出
タンカー座礁による原油流出
広島・長崎の原爆投下　ビキニ環礁での核実験
チェルノブイリ事故　福島第一原発の事故
海に依存し　海の生命《いのち》を封じる社会とは……
不知火の海

働かない　海がある
働けない　海がある
沈黙の海　不知火の海

夏雲の影を　のみこみ
つきぬける青空を　のみこみ
三十幾余も　沈黙をつづける
不知火の海

有機水銀を　のみこみ
海に生きた　たくさんの人の
苦しみを　のみこんだまま
不知火の海が　拡がる

働かない　海がある
働けない　海が拡がる

水俣のこころ

母は子を背負い　浜で　カキ打ちをした
祖母は庭先で　魚を　料理した
水俣の地で　くりかえされた　生活

だが　村人たちは
異変に　気づいた

――何があったと　猫が狂うとる
　おかしか　まっすぐ　歩けんとよ

――おうお！　血が出とる　切ったかね
　痛くなかから　わからんもんね

打瀬の白帆を　あやつり
祖父が　父が　漁をした海
漁師が　わが子を　育てた海
だが　漁師たちは

異変に　気づいた

――手がしびれて　綱が握れんと
　あぶなか　海に落ちるもんね

――舟と舟が　ぶつかりそうやった
　不思議か　どっちも見えんよったね

あたりまえだった　生活が　絶たれ
健康が　家族が　うばわれていった日

人びとは　原因を　知りたいと
チッソ水俣工場に　詰よった

――知りたか　どげんして
　こない　身体に　なりおったか

――わしら　なんも　悪かことなど
　しておらんとに　どげんしてね

原因を理由《わけ》を　はっきりさせねば　と
人が　あつまり　人は　立ちあがった

網を持つ手に　チラシを　にぎり
裁判での　決着を　もとめようと
拳をかかげ　闘いが　はじまった

生存権を　生命権を　死守するための
水俣病の闘い　水俣病裁判

――わしら　なんも　悪かことなど
してておらんとに　どげんしてね

そぼくな　疑問からの　闘い
時は　流れ　四十八年が　経った

二〇〇四年十月十五日
最高裁判所は　判断を　くだした
環境行政に　怠慢あり　と……

御所浦《ごしょのうら》のひと

十一月の終わり　寒い　一日を
不知火海に　浮かぶ　御所浦島《ごしょのうらじま》の
漁師だった　村上さんの家を　尋ねた
茶うけに出された　オレンジ色の　紫色の芋
おどろきを　隠せないまま　口に　運んだ
この日から　二人の交流が　始まった

第二次世界大戦中　輸送船に乗っていた　村上さん
終戦間近　船が撃沈され　大海原に放り出されたとか

――わたしは　泳げましたけんね　助かりましたと
だけん　大勢の戦友が　死にましたとです
わたしは　海に　命を　もろうたとです
海に　恩返しせにゃと　思うとります

――わしら漁師は　海に　生かしてもろうとります
だけん　不知火の海を　きれいにせにゃ

海に　恩返しせんと　いかんとですよ
わたしは　水俣病問題に　命をかけとります

二十年の時を経て　偲ぶ　村上さんの原点
不知火の海への　祈りと誓いは　いま……

生《いのち》ふたたび

働かない海が　ある
働けない海が　拡がる
沈黙の海　不知火の海

薄雲から　ぬけ落ちた
いくすじもの　陽の糸が
十一月の　不知火の海を　おおった
灰色の世界に　網囲いされた　海

人間社会の　業を　のみ込んだまま
孤独に　閉ざされた　海が
半世紀の　時を　きざんでいた

働かない海が　ある
働けない海が　拡がる
不知火の海が　拡がる
利益社会の　業により
海の生命《いのち》を　うばわれた
不知火の海　沈黙の海

だが　感じる
海のふところ　深く
生命《いのち》　育む　いとなみを

祈りは　ひとつ
自然よ　ふたたび
生命《いのち》よ　ふたたび
不知火の海よ　ふたたび　と

合掌

かわかみ　まさと

与那覇湾―ふたたびの海よ―

与那覇湾
幻想《まぼろし》のきらめく詩人の海
沈黙の泡立つ「無」のプラズマ
言葉はわたしの「無」のすきま風
U字型に開けた
入り口は永遠の秩序《コスモス》へ放たれ
出口は瞬間の混沌《カオス》へ還る
まことの言葉は
寄せては返す波間の
雲の影へ折りたたまれる

朝な夕なのリズムは
太陽と月と水の
愛《かな》しいアンサンブル
漁に出るカツオ船の勇姿
焼玉エンジンの乾いた夢礫《ゆめつぶて》
凪に光るサバニ
ひかえめなざわめき
底抜けに明るい笑顔
夕日に染まる
大漁旗の神々しさ
息が合った収獲とわずかな収入
活きる希望は
空ろな魂の分だけ与えられる
老婆《おばあ》はとつとつ歌う
まぁんちぃ　まぁんちぃ
（ほんとうだねえ　ほんとうだねえ）
ぴっとう　ぬ　タマスや
（人の魂は）
かんむ　ぬ　くとぅばからどぅ
（神様のことばから）
うまりいず
（うまれるんだねえ）

空は青い
海は青い
睦びあう魂は
透きとおるほど青い
そんな　のどかな海端の村で
名も無き祖霊たちは
謎めいた航跡を描いて
愚直に生き延びた
宇宙の迷路に追放された
素数のごとく
割り切れない思いを秘めて

今年はカラ梅雨だ
改ざんされた神話のように
ばったばった整備される
珊瑚の屍骸の
痩せた農地
蘇鉄地獄*は
島から追放されたが

化学肥料で色あせた赤土は
年を追ってやせ衰える
恵みの雨は
さとうきびの糖度を薄めるばかり
もくまおうの影に寝そべると
こめかみに潜んだ
干ばつの哀歌《エレジー》が
両《ふた》つの眼から溢れ
新たな受胎を待ち受ける
与那覇湾の奥座敷へ流れこむ
せめて
生産効率から解放された
手つかずの荒野が欲しい

記憶は熟成すると
たわいない擬態語を口ずさむ
ばぁんな　んざぁんが　うずがぁ
（わたしは　どこに　いるんだい）
ずぅずぅ　やー　んかい　ずぅ
（さあさあ　家へ　帰ろう）

夕焼け色の思い出は
入道雲の胎内から
しんしんよみがえり
よるべない言葉の敷居を
ひょろひょろ跨ぎ
浮かばれない
無数の死を清める
一滴の
いのちの水になる
んみゃーちい　んみゃーちい
（いらっしゃい　いらっしゃい）
のーまいにゃーん　やーんかい
（なんにもない家に）
すぅーぬ　みつんぎづにゃーん　んみゃーちい
（潮が満ちるようにいらっしゃい）

詩人は
なんにも考えない
潮騒と雨音の響く
「無」の家で目覚め
沈黙の胎動に耳を澄まし
満天の星を眺め
在るものの息吹を受け入れ
いのちの汗をしぼって
ばてるまで働き
はにかみながら
存在の夢魔を踏みしだき
歌い踊りながら
ふたたびの海へ還る

＊蘇鉄地獄：山と川のない宮古島では、農作物の収穫は気まぐれな雨と台風に左右される。蘇鉄は大干ばつ時の貴重な食料であったが、毒抜きを誤ると致死的な中毒を引き起こした。

みずのチャンプルー

みず
みず知らずのあなたへ

この想いを届けたい
この想いはやさしいのか
愛《かな》しいのか
うたかたの願いはみずに溶けて
半透膜の窓を
閉めたり開けたりしながら
いのちの故郷へ還る

水
水素と酸素が出会い
いのちのゆらぎは生れる
水は海のゆりかごへ身を投じ
熱い混沌《カオス》から冷たい秩序《コスモス》へ
始まりの言葉から終りの祈りへ
混ぜこぜに流されながら
温かないのちの母と成る

ミズ
花ミズキは
水なのか　木なのか

もっとも力強いいのちは
自ずから痛みと苦しみを克服する
ミズの形をなぞる植わわりし物
すくっと沸き立つミズの運動は
光の天空へ闇の地底へ
そして　豊饒ないのちの森へ
営々として尽きない

みずは魂の隠れ処
憂き世のお神酒にもなれば
いのちを焚く冥土のマグマにもなる
雲にも雨にも霙にも雪にもなる
めぐりめぐって
ひと粒の涙になる
固く固く凍てつく
宇宙の涙になる

上村　多恵子（うえむら　たえこ）

深海魚族

パン屑を投げただけで
深海魚族の群につつかれた
大都会のプラットホームで
背後から押されて
つんのめる角度で沈みこむ
いやこれは
上海の背むしの大道芸人や夜店が並ぶ
曲芸師の小屋の色どり
眼前に現れたのは
何本もの白い骨
ボートピープルの少女が
海賊に輪姦されるより選んだ
洞窟の岩陰で
人食い蟹にちぎられた
膝から下の脚
その骨の間を透きとおった魚族が
背骨を浮びあがらせて泳ぐ
赤い魚族は内臓までもが赤い
青い魚族は神経までもが青い
黄いろい魚族は脳味噌までもが黄いろい
交差点にはシグナルがないが
巨大な立体システムに生息する
マントルにだけは近いので
地殻の微動だけは察知する
マグマが噴き出す日は近いと

海の階段を降りてゆくと
星座のおとぎ話を信じられなくなる
時の潮流に洗われて
水流がきしみながら
きのうと今日のつぎめを廻る
薄い陽光にさえ
目玉がとび出る深海魚族と交わり

叢林に身をゆだねながら
忘れられた腐臭の
にぶい泡を吐く

大航海へ繰りだす荒くれパイレーツへ

どれ程の目算があったのだろう
限りない欲があったのだろうか
船乗り魂なんてもんだけぢゃ なかったはず
荒磯へくり出して行くには
比較にならないしたたかさと 引き換えなくちゃ
勘定が合いませんで
海賊も恐れる海だ

こっちの財宝と
あっちの財宝とがつり合うどころか
何倍もの手残りがあるって

もっぱら舟溜でもちきり
さあ海面を滑り出すとき

銃も弾も積み込んだか
絹やめずらしい時計や地球儀やラクダも乗せていけ
アムステルダムの波止場じゃ
女房に泣かれて
やっとのことで船出した

見果てぬもうけ話に
出発したからには
長崎にある竜宮城まで帆を上げよう
乙姫さまがいるらしい

ちょっと待った

その伝説は
ジパングとやらの
ホラ話だとさ

子守歌が聞こえるか

海の夕暮れから
いっせいに水鳥が飛び立つ
岬の向う側から
見えない波が
穏やかに打ち寄せる

波らはもう
落ちついた彼岸から
生きとし
生けるものの営みを
瑠璃の光を放ちながら
見守っているだろうか
　話しておきたいことがあったのに
　残しておきたいことがあったのに

昔ならった
子守り歌を
ゆっくり口ずさむ
音がはずれて
立ち止まったとき
いつしか合唱が
夜の後方から
港をつつみこむ

＊東日本大震災が
風化しないように祈る

港

人は港に集う
はてしない拡がりの中で
海に向かって、心に向かって
人の世の何かに向かって
そこには世界から軽やかな風が吹く
とりつかれたように　海の宇宙を感じ
海から来たアメーバの人のルーツに　戻りたいと何
　かがささやき
そんな人が海を渡った　コンパスも海図もない海原
　へと
風と潮と波と星をみつめて
そして人は航行する
港を求めて

柳沢　さつき（やなぎさわ　さつき）

コロンブスの塔に誘われて

スペイン
バルセロナの海岸にそそり立つ
六十メートルの　塔上
碧空を流れる白い雲と　黒光りの立像の
恍惚のハーモニー
コロンブスの
右手は　遥かなアメリカを指差し
左掌に　開かれた本のページは　航海探検図だろう

ほら
五百年を遡る航海の夢に誘われてか
二十一世紀の真っ白い遊覧船のエンジンがかかる
振動と競演の白いカモメの群れから抜け出れば
眩しい地中海
波に乗っていけば　コロンブスの生地　イタリアへ
その果ては　エーゲ海か　ギリシャか……
波頭を越えて進んでいったはずの遊覧船は
九十分ほどして
コロンブスの塔の下に　戻ってきたのだ

なおも　夢うつつの旅人たちを
ゴシック様式の「王の広場」に赴かせたのは
やっぱり　あの　コロンブスのロマンだろうか
一四九三年　新大陸から帰還した彼が
イサベル女王に謁見したという
錆色の石と煉瓦の廻り階段が誘う……が
アメリカ発見が
同世代の不惑の御両人に
度重なる戦乱を　予感させなかったか

退く波　寄せる波
波は　世界を揺さぶりながら
戦禍の歴史を刻み続けたか

いま　我にかえり　見上げる塔上に
西風も　東風も　一身に受けて高々と立つ
永遠の航海者　コロンブスが　問う
「あなたの旅は　これから　何処へ？」

無数の足跡　――家族旅行断片――

淡青色のさざ波光る　汽水の浜名湖から
弁天島を過ぎて　東へ
停めたマイカーから　飛び出た少年たち
海風騒ぐ松原を　一気に駆け抜け
「でっかい！　砂場のおばけ！」
「ここが中田島砂丘！」
煌めくベージュ色の砂丘に
真っ先に転がり込んだのは　最年少　八歳のミツル君
少年たちは　髪やジャンバーを　はためかせながら
競り合う黒点となり

広々となだらかな砂山の向こうに
呑み込まれていった
追い駆ける父母らも　消えてしまった

置いてけぼりを喰らった爺婆　砂に足をとられたまま
行き交う人びとの中に　佇む
ここは　遠州灘沿岸
天竜川の河口　漂砂の溜まり場
フォッサ・マグナの　悠久のエネルギーも
吐き出されて　砂丘となったか

子や孫らが　見えなくなってしまった砂山の
向こう側に
太平洋が広がっているのだろう
その彼方に　硫黄島
もっと遥かな果ての　南洋群島の　サイパン……
見えなくても
海風に乗って　遠吠えのように聞こえるのは
玉砕した兵士たちの声か
八十路の爺婆の想いは

戦時下の少年時代にまで遡る

遠くかすむ爺婆の視界に
やがて　黒い点々が煌めき
ベージュ色の斜面を舞い踊りながら
孫の声になり　顔になって　戻ってくる
その父母らも
自らの足が踏みしめる砂の感触と　戯れつつ
ありし日の　列島改造論の昏迷なども
いまだ拭い難いままか
「昼食にふるまう　うな丼は
　セシウムなんかに侵されていないだろうか」など
交錯する不安　胸に秘めて
爺婆のまわりに　少年たちを呼び集め
かわるがわる　シャッターをきる

ボーイ・ソプラノの憂愁を　漂わせながら
Vサインをかざす　十六歳と十八歳
跳ねっ返りの歓声までも
フィルムに焼き付けて止まない　九歳と十二歳

両翼のバランスも　ほどほどに
歪み止まない影法師なども絡ませ合いながら
この家族
広大な砂丘の一点に　ひとときの着地だったか

地球が産んだ　巨大な砂場は
無数の足跡を　受け入れ
無数の足跡を　崩し
不確かな津波襲来の不安にも　慄いているか
砂丘は
鳴り止まぬ呻きのような通奏低音を　醸しながら
眩い天空に　大口開けて　ハモっている
「変幻自在の　プレー　プレー　プレー　！」

揺れ止まぬ

不穏限りないのは
活断層や津波ばかりではあるまい

胸のうち深く　揺れ止まぬ波

わたしよ
寄せては返す波打ち際に　佇んでいるか
海原に漂う遊覧船にでも　乗っているのか

いや
胸のうち深く　揺れ止まぬのは
不穏を超えた　この不思議な呼吸かも

ほら
ビーチコーミング*の　おみやげ
遥かな　南方起源の　アオイガイを
北海の石狩浜で拾ったのだとのこと
いま　わたしの掌に　楕円弧を描いて　鎮座する
純白の薄い貝殻は
どのように　漂流してきたのだろう
微細な縮緬皺めきながら　打ち寄せる波模様の　神秘
古今東西南北の　エピソードも秘めながら

破滅の危機も　予感めいて　煌めき
点滅の未来にも　繋がり

この　遥かな時空間を波打たせて止まぬ
アオイガイよ
立ち尽くしても　呼吸の続く限り
眼閉じても　眼裏に消えぬ限り
冒し難い　漂着物よ

この　囚われの呼吸
測り知れぬ　夢幻の宇宙に
さ迷うばかりの　魂かとも

*ビーチコーミング
・海岸を歩いて漂着物を拾い集めること
・「アオイガイ」は　A・W氏（ビーチコーミングのリーダー）
からの頂きもの

結城　文（ゆうき　あや）

海の日月

果ても知れぬ原初のカオスに
気泡のように開けた空隙の少しずつ拡がり
やがて上澄みの
群雲のわきたつ天界ができ
青洋々の海界ができ
海より隆起した母なる大地となり
海底の　あるいは地下深く燃え溶けたマグマの界か
はたまた幽明境を異にする冥界に分かれた

永久にゆるがぬような陸に
寄せては返す波のくちづけ
ユーラシア大陸に寄り添うように
弓なりの弧を描く蜻蛉島の岬にたって
全ての時が流れつく波音をきく

太古から　万葉から　新体詩から　ポストモダンから
流れ着いた波音　そして
二十一世紀から永遠に流れ去ってゆく波音をきく

目の前に渺茫とひろがる青凪の海の
何億、何十億、何百億の金の針　銀の針　痛みの針
風の吹きぬける大草原のように
撓いつつなびく水の穂　光の穂
生の切岸の海境《うなさか》にむかって
時の触れあう風が奔る
青く透明な水面に「無」という字を綴りながら
ゆらゆらと次第に遠のいてゆく時の空車《むなぐるま》

海境
碧瑠璃の海が水浅黄色の空と接するところ
漂い止まぬ心の渺々と寄りゆくところ
擬人化された海と風とが精霊のように
火花を散らすところ
再びめぐりあえない自分と出会うところ
波を追う波の死に絶えるところ
波間にゆらめく夢の堕ちてゆく奈落

すべてから遠ざかってゆく死者の向かうところ
あらゆる連なりと背反
生と死のせめぎあう狭間
実数と虚数との間
止まることなく流れ去るすべての時が流れ着く果て
乱気流の風に押され時の空車の消えてゆく果て
海境を越えてくる風は暗い
瞑想する海の沈黙

地球という水惑星の半ば以上を占める海を
古代人は聖なるものとした
海底にマグマ噴く火山を沈め
海溝という深々とした亀裂を抱きつつ
青々と平らに遍満する水の——神秘の海原
絶え間なく揺曳しつつ
遥遠なるものへと人の心を誘《いざな》う
魂の中に閃いては消えてゆく想念を誘う

入り江を満たし　海溝を満たし
混沌をそのまま呑み込んだ鋼鉄の青——

大海原をわたる風に立つ波頭の
輝く水の穂と
くぼんだ水の翳り
海面一面にくりひろげられた
光輝と物影の闇の入り混じり
波のうねりのまにまに渦巻く不安

暗い海にときおりぎらりと光るもの
四方から押し合う水の圧力に
高まった水の穂先が破れ
一瞬覗く水のクレバス
見わたすかぎり生まれては消える水のクレバス
わが空車はその波間に漂う
一面の光のクレバスの波間に揺らぐ

電解質の蒼海原の神経質な震え
巡礼の列のような白い海鳥の縦列
縦列はなにか寂しい
揺れ止まぬ海面の上は薄雲の空
雲と雲との間にかかる

孤独という透明な吊橋
雲と雲との間にある真空の青

とろり　とろり　とうとろり
油膜を張ったようにうねる朝の海に
太陽の黄金の矢が暖かく赤みをおびて揺らめく
捉えようとすればすりぬけ流れ去るあやかし
その恍惚の時間と空間の潮目に
もうもうと風に吹き上げられる水蒸気の渦
魂は来たりし初めの混沌に
とろり　とろりと揺られて還る

夕暮れの海のか黒いうねり
四方から押され盛り上がった水が
天体の光を捉えてきらきら　きらら反射する
夜の空が暗さを増し
星が稜をもちながら光度を増す
遮るもののない海原の上のドームなす空に
星の光が交響する
ひたすらに受容の水のうねり

広漠と静寂が領する夜の海境から
しずしずと昇った月の
揺らめきやまぬ月の道
月の光の霊気に満ちて波が揺らめく
存在の中心に向かって降りしずむ月光
身は幾重の波の織りなす月の海に溶け込む
波巻けよ　暗黒の海の陶酔
波巻けよ　暗黒の無為の陶酔

赤・青・紫　花園のようなサンゴ礁に群れる
色鮮やかな熱帯魚の群れ
解けることのない氷山の堅固な輝き
鯨のような巨大な命を養う豊饒の海原
古代の壺を沈め　戦艦大和を沈め
行方不明の飛行機を呑み込み　ひったりと
閉ざした海面の何事もなかったような素知らぬ青
平らかに凪ぐ海の底の知れなさ　不可解さ

無意識の暗い波間に揺曳する自我の
漂い舟は夢見るようにまどろむように

駘蕩たる光の中を進む
昨日　今日　明日と白い航跡を長々と曳きながら
いちずに己が航路を進む
かたわらを歩くもう一人の我と
言葉を交わしながら

細胞に海水と同じ塩の水を含む有機物
自らの生にカンマやピリオドを打ちながら
ランボーの『酔いどれ船』の海を
メルビルの『白鯨』の海を
再び帰らない海流に自分を乗せて
不揃いな島々の青海を
陰画《ネガ》のような鳥影の下
あてどもあらぬ航路をたどる

「天地の分れし時ゆ神さびて」の
神話の空間を漂う葦舟
大空と大海原の間の巨大な虚ろの
絶対的な孤独から言葉を紡ぐ
心の中にある砂漠の渇きから閃くスパーク

海にかかる片脚の虹からしたたる雫
一瞬垣間見た水のクレバスの幽暗

永久にゆるがぬような大地に
寄せては返す波のくちづけ
茫漠とひろがる青凪の海の
生と死の海境にむかって
「無」という字を水面に綴りながら
ゆらゆら遠のいてゆく時の空車
心の中に実存のサハラ砂漠の渇仰に
はろばろ海の道をゆく

瞑想する海の沈黙
ひたすらに受容の水のうねり
帰らない海流に自分を乗せて
不揃いな島々の青海を陰画のような鳥影の下
来たりし初めの混沌に
とろりとろりと揺られて還る
海の　日の道　月の道　揺らめく道を
雲と雲の間にかかる透明な吊橋を見つめて

こまつ　かん

叡知の海

受動という観点に立てば
地球の海は樹木と同じだ
たとえば我が家の金木犀は
私がそこに植えたときからそこに在って
自らの意志で移動ができないのだ
秋に赤黄色の小花を群れにして
芳香を放ち　私は感動するのだが
伸び過ぎた枝を切ろうとしたとき
それから金木犀は逃げられないのだ
門の脇の八重桜も
遅咲きの淡い紅色が春を告げてくれ
私は好きなのだが　しかたなく
根本は雪かき後の雪置き場にしてしまう

樹木も海も受動である
海も境遇は樹木に似ているのではないか
近年　息苦しく　ゆとりもなく
楽しく愉快に唄うことさえできなくて
耐え忍ぶ状況が多いのではないかと
私は推察している
人間がコントロールできない原子力を筆頭に
人間界からも自然界からも
さまざまな外圧を受けて
苦痛を味わい
海もさぞ辛いだろうと

海は常に受容的だ
そう考えられないか
すると
たとえば
人間の力ではどうにもならない津波は
地震など海底の変動に対して
また　エルニーニョ現象は

地球の温暖化に反応して
海は海の居場所で
地球の生命を維持する仕組みを
まもろうとするための
生体でいえばストレス　防衛機制
柔道にたとえれば受け身の姿かと
私は考えた

私は
この地球に生を受けて六十数年だが
もとはひとつだった生命に
思いをめぐらすとき
同時に大気を意識する
優しい波音を感じる
みずうみの　みなもをわたる
涼しい風につつまれたくなる
さらに時間を巻き戻してみたくなる

約一五〇億年前頃に起こったとされる
ビッグバンを引き合いに出すか　それとも
宇宙観と生命について文献を手繰り寄せるか

ああ「宇宙」
宇宙という概念だって
神でもない人間の表象からうまれた

銀河系誕生
原始地球誕生
水惑星誕生
原核生物出現
酸素呼吸
真核生物出現
多細胞生物出現
陸上生物進化

ああ「海」
微小で貧弱な私には
類語例解辞典にあるような　ことばだけが
押し寄せてくる
海洋

大洋
大海
海原
領海
公海など

二〇〇七年九月三十日
朝九時過ぎだったというが　それは
月に向かう
月周回衛星「かぐや」から
最初のハイビジョン映像が
地上のモニターに映し出された瞬間だった

地球から十一万キロ離れた場所で
南アメリカ大陸西海岸線を
撮影したものだった

黒い宇宙空間に浮かぶ　青く白い地球は
太陽系に属する太陽から三番目の
人間が住む惑星で
太陽を一つの焦点とする
円に近い楕円軌道上を公転し
少し傾きを保つ地軸を軸として自転している
そして　月は地球の衛星である天体

私は
「かぐや」が地球人に届けてくれた
月から見た　満ち欠けする地球や地球の入り
地球の出の画像を見つめて
地球に　もしものことが起こったら
銀河系のみならず
宇宙の秩序が
万物の一貫性が
完全に狂うのではないかと身震いした

地球を飛び出し
宇宙空間で振り返って見えたのは
そこに地球が「在る」ということ
あたりまえのように思っていた
「在る」

どのような必然性があって
今も在り続けるのか
水と緑の惑星地球
人類が文明を繁栄させてきた
地球という名前の惑星

私は
その陸という名前の地球の皮膚に
毎日二本足で立っている
二本足で地表を支えているという
突拍子もないことを考えたこともあった
その海という名前の地球の皮膚に
家族と共に　日常の排泄物を流し込んでいる

私は
月に挑んだ「かぐや」の次に
地球から約四一五万キロ離れた宇宙空間の
小惑星リュウグウに向かう
「はやぶさ2」がスイングバイの後に
地球から三十四万キロ離れた地点から撮影した
地球の姿に接して　地球の気持ちを想像した

惑星の大気の循環をまもってください。
海から　めぐりめぐって水をいただき
いのちを燃やし続けているのですから。

私の
心象が浜辺に佇み
死と再生のうねりへと回帰する
宇宙をまもる希望の惑星地球の
叡知の海が輝き始めた

＊参考文献
『教養・文化シリーズ　かぐや　月に挑む』（NHK「かぐや」プロジェクト編／二〇〇八年三月三十日）

道輪　拓弥（みちわ　たくや）

砂漠の塩

塩壺の中で　白波が立つ
こぼれ落ちた塩に　百花が散り
時の冴が
微かに　空気を震わせる

なくてはならないもののひとつを
あらかた忘れ　毎朝　顔を洗い
たまに正面にあらわれてはすぐ消える後姿を見送り
日は捲られていく

ユメマボロシノ鳥《トリ》を飼いながら
密かにどこかで願書の一文を記している
小さじ一杯の塩を　湯のけむる鍋に入れる

いまなお
岩塩の板を駱駝の背に括りつけ
サハラの砂の海を渡る隊商《アザライ》の部族
道なき塩の道をゆく一行を貫く光りの矢は
砂丘群の頂きをけっていく
素朴なりわいの塩を運ぶ者たちは
中世の亡霊ではなく　生者の密な影を砂地におとす

砂の海は
世界が終《つい》えた果てのひろがりなのか
この星の砂と化《か》した記憶の宝庫なのか　わからない
空漠とした異界の領土の
完璧な消去
なにもない空無の　ある晴れやかな解放の背に
刃と蠍《さそり》が背筋に忍び寄る
おもむろに砂の扉が開き
終りのない反省の刑罰を受ける
星を過り　無縁のまま　砂の谷に頓死した
髑髏《しゃれこうべ》が限りなく眠る

道なき塩の道をゆく隊商《アザライ》は
見えない糸を垂していく
何百年の往来に糸が緋になり　いつしか脈になり
砂を踏む素足の裏は　それを読み取る
六番目の指を生みだしたのかも知れない
その指は　死者の声を聴く耳朶でもあるのか

駱駝の背に括りつけた岩塩の板は
砂の海に揺蕩いながら
太古の海の夢想から覚めて塩になる

砂の海《サハラ》は　草原だった
黒い狩人は　露に濡れた草を掻き分け　息を殺し
鹿を狙った場所だった
部族の子らは　鰐を遠目に川に潜り　知恵の実を
手握みしていた

砂の海は　みずの大海だった
はるか太古の魚族の王国が支配していた

潮の流れに運ばれていくものたちが
遠い岸をめざしていた場所だった

砂の海は　焼けつく火の海だった
星が星になるための　にがい苦しみの傷痕を
塩に転生封じこめていた場所であったのかも知れない

かつて
砂の海は　宙《そら》の海だった
なにもない場所だった
すべてがある場所だった

駱駝の貌によく似てきた隊商《アザライ》のひとりの男
井戸端で
市で粟を売る左眼の不自由な少年の肩を抱きながら
満天の星が一握り井戸の水面に落ちているのを覗く
はるか砂の海で死んだ駱駝の群れの長《おさ》が
この街の井戸まで　その男に会いに来たことを
少年だけは信じた
岩塩の採掘場から掘りだした

無色透明な塩の結晶のかけらは　海の水晶
海の水晶を少年にやると透かして星を見るように促す
あの星の住人は塩がなくてこまっているから
舟にいっぱい積んで運んでやろう
古代の王国の星の舟を使っていけば到り着く
深い宙《そら》に　帆船の光景を見に
海の水晶を読んで聞かせると《ほしのものがたり》
少年は笑って眠りに入った

大きな砂丘を越えると
超高層ビル群の廃墟が現れる
長方体の林立する墓地のように　亡んだ蟻塚のように

古代王国の石柱をよぎる死者の霊も
神殿の庭に吹き渡る風のなかにつぶやかれる声も
ここでは聴えない
語りかけに擦り寄る気配の失なわれた静寂
疎んじられた死者の去った廃墟に寒寒とした砂は灰
大地から絶縁されたまま
砂に沈むことも空に環ることも拒まれて

虚空に立ちつくす
花の根は異物を長く抱くことは出来ない
戒めの塩が　夕立ちとなって
空から降ってきそうだ

超高層ビルのすべての窓に
ユメマボロシノ鳥《トリ》の貌が浮かぶ
なんと無数の　病める孤児たち
わたしはそこにわたしを発見する

塩は　はるか古《いにしえ》の祖母の子守唄
塩は　はるか古の祖父のなめた哀歌
砂の風紋に漂よい浮流する
かそけき唄を聴きながら　砂の海を渡る
塩を運ぶ者は　塩に運ばれる
潮の精に運ばれて　道なき道をゆく隊商の
いとなみの原画は　塩の光りに塗されている
その歩みの光景は　ひとつの星
砂の足跡は風に消され　なにも残さない
かえらないものは残さないすがすがしさに

道なき塩の道が尾根のように空へ引き上げられていく
何百年にわたる隊商《アザライ》の垂した目に見えない糸は
弦になり　砂粒にはじかれ　厳かに鳴る
銀河の最も古い星の　寺院の琴の音色に近づいていく
塩の渇きは　ものがたりが止まる痛みであることを
宙《そら》は瞬きで証す

千年先の砂丘を越えていくのに十分な
常にまあたらしく
刷新される塩の荷は運ばれていく

砂地に踏みこむ一足に
未生の幼子の眼差しが宿る
砂に化して数千年眠る　あの黒い部族の子の瞳も
まばたく

ひとつの物語が終える兆しのなかで
いま一度
隊商《アザライ》の砂を噛む

岩塩の板は　駱駝の背に揺蕩い
かなしみの心拍に打たれ
うるわしき折りたたまれた　塩の書となる。

原子　修（はらこ　おさむ）

海1

水の薄い刃《ヤイバ》が私の足をそぐ
光の枝に咲くあけぼのの痛み

波は親しげに私の内臓に触れてくる
空が鈍く反応する

海ののどが　私を飲みこもうとする
永劫が　貝のように光っている

しかし
私は再び岸をめがけて引きかえす

火薬がかすかに匂う

海2

夜ごと
渚のカーテンをかそけくも引き

裸のくるぶしを
水のくらがりで冷えびえゆすぐ人

遠いチェンバロの夜明けへと
足の指うらをあやしくめくり

いくえにもどよもしよせる感覚の波に
いのちの揺籃をしずめつあげつする人は

なぜに
うまれたての光の感情を

すべらかな肩の双曲線に
苦《ニガ》くもゆあみしゆあみしするか

烏《い》賊《か》つけ

沖の　まっくら暗《くら》　耀《かがよ》う天に
ぼゆうばゆう　焚けよ　火

波の　ねたりのったり　揺蕩《たゆと》う琴に
らゆん　ろゆん　奏でろ　灯

漁船《すなどりぶね》　漁人《すなどりびと》　みちらまちらの瞬《まばた》きに
烏賊の燐　さりえそりえ　焼《く》べ

海の　どってら暮れた　底なしに
一瞬のダイヤ　わっちゃど　奢《おご》れ

チェロンの舟

天井の眼《まなご》　開《あ》き
雨漏りのしずく
板の間にころがった吾《わ》を
襲う

チェロン　チェロン

水の大祖母《おおばっちゃん》の目から
涙のしずく
起きあがる力もない吾《わ》めがけてこぼれ

チェロン　チェロン　チェロン

雨降りって
空いっぱいの海なんだ

吾《わ》の空きっ腹を

冷たい音楽でチェロンチェロンなめる
天の楽器なんだ

水の大祖母《おおばっちゃん》よ

お願いだから
あんたのチェロンの舟に
吾《わ》を積み

水平線のはるか彼方
水葬の郷《さと》まで送り届けよ

ハマユリ

——わたしの
来世は
ハマユリの花よ

いつも　口癖だった
あなた

病に　倒れ

——ハマユリの花に　なるわ
と

目を　閉じた

初夏の渚で
涙にくれるわたしに

ハマユリの花が　ささやく

——泣かないで

夏の浜辺で
永久《とわ》に
あなたを　咲くわ

やがてくる空の勝利と呼ぶべきなのだろうか

かつて
どんないのちあるものもひきかえしてきたことのない
なんおく年もさきの沖あいから
さいごのたたかいをおえたものたちの
むくちな波がもどってくる

うしなわれた銃口をおのれの心臓にむけた
水の兵士たちが
エメラルドの血をながしつづける海となって
つぎつぎに波うちぎわをこえてくる

もえつきていく太陽をみてしまった目は
世界じゅうの渚を
どんなうつくしい貝殻につむるのだろう

すでに存在しない地球は

かれらに
いかなる水平線のたわみをいいのこしたのか

防潮堤のいまをのりこえ
つるぎの光をへし折り

いさかいの磯舟をくつがえし

水しぶきをあげて
太古の地平線へと凱旋していく
この水の軍団こそは
やがてくる空の勝利とよぶべきなのだろうか

Ⅳ

海の詩

――現代その三

羽島　貝（はじま　かい）

郷愁Ⅱ

とめどなくあふれでる涙は
悲しいせいではない。
海に帰る
海に返る
海に孵る
カエルと言う言葉の持つ響きは
悲しい響きではない。
帰る
とは出発点へ再び身を戻すことであり
返る
とは原点の状態にもう一度なることであり
孵る
とはその通り孵化することである

ウミニカエル
と記された場合のその意は
海へ帰るのか
海に返るのか
海で孵るのか
もしくは
産みに帰る
なのか

（ある種のカニはいったい
海へ産みに帰るのをやめない
海沿いの車道のアスファルトの上を、
干涸び、砕け散った殻で
埋めつくすのをやめない）

とめどなくあふれでる涙は悲しいせいではない、と
思う。

自分はまだ
郷愁という言葉を知らない。

夜をゆく舟

絶望の灯火を
ランタンに点して

君は行く。

遠くに灯る
煙草の明りを目指して

（絶望を喰らう海月が
　影を映すのは
　夜光虫が漂う
　青い薄明かりの波間に）

自らの言葉に、自らの胸を突いて
そっと漏らした
君の苦笑まじりの吐息を

（それは櫂からしたたり落ちて
　ゆるやかに夜光虫を点す）

その業は

目指す先の明りにも似ていた

（呼吸するたびに
　あたたかに光る
　明り目指して）

晴れた日Ⅱ

ある晴れた日
君と再会したそこは
海岸だった。

君の後ろには
君に日傘を差し出す男が
立っていた。

無実の貝殻について
議論していた
僕と君との会話を
男は
ただ羨ましそうに
聞いていた。

海風

吹きつける風と
照りつける陽に
全身を晒して海原を突き進む
船首裸像を思う

出発

海なのだ。

一面の紺碧の
波ひとつない海なのだ
その平坦さが何処までも左右に広がり
行く先への膨大な道程を示唆していた。

この海を越えるのだ。

ともかく、それは海なのだった。
その向こうに行きたいのだ
海以外には何も見えず
何も聞こえず

何も匂わず
辿り着く以前にその辿り着くべき場所が
あるのかどうかもわからないのだが
その向こうに行きたいのだ

目の前にある海に気づいたからには。

眠る海

海底に沈みこむ
深く
鼓動はゆっくりと
静かに
はるか頭上にきらめく波間は
今は遠く
すべての
絶望した眼差しも
憤怒にかかげられた拳も
芥にまみれた明日も
今はどうか遠く
静かな海底に眠り込んで
今は
今だけは
海にたゆたい、いだかれて
今だけは
どうかと
波の音も遠く遠く
静かな
無音の
ああ
ただ海の底で

今はそう
今はそう

眠る海に

田中　健太郎（たなか　けんたろう）

港のキリン

港に
キリンが
林立していた

高さ50メートル
重さ30トン

複雑に切り取られた入り江で
てんでに水の方を向いている

ガントリークレーン

その体はうつろで
子どもが手放した風船や海鳥までが
通り抜けていく

だが骨組みこそがおまえの本質
いかなる重量にも踏み堪えて
船の荷物を引き上げる

赤と白とに塗り分けられ

船が着かない日には
ひたすら立ちすくみ
互いに呼び交わすこともない

サバンナの風に吹かれながら
いつも遠くを眺めている
本物のキリンたちは
おまえのことを知らないが
機能だけを追求して造り出されたおまえが
キリンの姿をしていることを知ったら
それを誇りに思うだろう

港のキリンは
何も思わないが
今朝アフリカから届いた荷物を持ち上げたとき
いつもより少しだけ低い音で呻いた

海の記憶

海には意志がない
ヒトのことなど見ていない

呼びかけるには
大きすぎる
すがりつくには
強すぎる

海は地球
海は宇宙

傍らで
恵みを戴きながら
小さく暮らす
私たちはみんな海の子だ

静かな海は
天を映し
光を湛える

荒れ狂う海に
立ち向かうことはできない
我が身を縮めて
明日を待つだけ

海を畏れ海の言葉に従いながら
愚かなヒトは生きてきた

海を記録することはできない

そのものが巨大な記憶だから

海獣トドの歌

三十歳の誕生日が近づいてきて
このごろ太り始めたなあと思っていたら
アレヨという間に胴回りが二メートルを超えてしまった
鼻がどんどん大きくなり
その脇から長いひげが真横に伸びた
手足が見る間に短くなり
体中から太くてなめらかな毛が生えてきた
地上ではどうにも動けなくなってしまったので
海に飛び込むと　体が軽い
もう何も恐いものがないように思った

氷の海を求めて
酒樽よりも太い胴をグルリグルリとひねりながら
北へ北へと泳ぎつづけた
ときおり顔を水面に上げ
呼気をいきおいよく吐き出した
ブハーッ！
ブハーッ！
声が北太平洋に響きわたり
今　沈もうとする巨大な夕陽さえもが
おびえてふるえているように見えた

トドの体は無駄のない流線型
自家用車よりも重い体重を水にまかせて
遊泳する　遊びつづけている
それが生きるすべてであるかのように
トドはとぼけたオジサンの顔だが
それゆえに哀しい知性をひめている
トドは小さい者に語りかけたりはしない
ただ　大きな背中を見せ　遊びつづけるだけ

トドはある時

自分よりもずっと小さくて　弱いはずの
人間にとらえられ
水族館のコンクリートの池にとじこめられた

だが　トドは
はずかしめられた時に最も風格をあらわす
金網の向こうからこわごわ顔をのぞかせる人間ども
を
これでもか　と知らんふりして
五秒間で一周できる人工池の三辺を
休まずに回遊しつづける
ときおり水面に顔をあげ
王族の印の口ひげもほこらかに
呼気を吐き出し　獅子吼する
閉じこめて　閉じこめられた人間の姿を
笑い飛ばしている

トドは昔　人間だった
人間は昔　トドだった
太い胴体をうねらせながら
海に遊ぶケダモノだった

トドが大いなる鼻をふくらませて
雌を呼んでいる
そのとき人間はギターなどかかえて
風吹きすさぶ丘に駆けのぼり
小さな体を無限大にふるわせながら
歌い始める
月夜には
誰でも知っているが隠された意味のある歌を
月のない夜には
絶対に聞かれてはならない
秘密の歌を
ウラ声で

渡辺　宗子（わたなべ　そうこ）

水の巣

まだしるしのない太古に
深い水だけが
欲求に漂っていただろうか
夜と昼の領域もなく
海洋の広がりの中に
ひとところ蒼い水の巣

死も生も招かれないまえに
しるしようもない海面
どのような神格が歩み来たか
徐々に編まれる
魂のまがきに
死の起源を播きつつ

はるかな沖がより濃く生きて
すざまじい殺意に時化る
たゆたう浮子の周辺に
生類と死骸の共存
膨大な時の積荷
水平に湛えて
無言の虚空を呼吸する

しるしのない場所を探して
羊水の神話へ戻っていくのか
思考の消えつきた海路
輪郭のない無辺
なめらかに凝る太古の魚貝

いま
潮の汀に
欲塵の波がさわいでいよう

水死郷

列島を
俯瞰する

おうど色の臨海
やせた島だ
やわらかい部分が
喰われて

河川のはんらん
押し流された
水死の夏
ふくれあがった胴体を見る
　大きな魚だ
　マグロだ
ほとけさま　ほとけさまだ
人垣に迎えられる
分銅の重さの
呻き佛

橋桁の水位に削られる
盛夏の豪雨
ふるさとの泥を嘔吐しつづけ
嫌悪の海へ繋がっていく

大漁の幟
かたびらを　だらり下げて
とげとげの山脈の陰
ぼおう　ぼおう　海が叫ぶ
逃れても　逃れても
母胎の縁《えにし》　わたしの水死郷

骨を洗うくに

洗骨というしきたりの
青いくにを歩く
せせらぎの素手の中で
褐色の脛をすべらす

弓なりの肋骨は
くにを席捲して過ぎた
竜巻の残骸を抱えたまま
海になれない

塗り変わる風景
地下をめぐる歴史の
不滅を確かめるのか
大腿骨は痩せてはいない
砂の果てを逃げ
千切られながら駆けた
珊瑚礁の淵
碧すぎる海に浸して
腕《かいな》は徐々に肉づいてくる
先祖の復活のために
くにとひとつになった
海の領域
防壁を果すのか
危機と向き合う宿命

暗い洞窟に溜める
きりきりと痛む傷痕
エメラルドの海に癒して
島をうたえば
ひた　ひたと純粋に藍い
くにの血
産湯のように
　あふれ　あふれて

ファドの小節

ぎらぎら　波のギター
船出の葬送
対峙する　ひとつ魂
約束のない航路へ
岸壁を蹴って　手を振る
決別の華やぎ
喰いしばった口

不発の花火を揚げる
そぼ濡れた傘の記憶
どこまでが希望であったろう

純素に海賊の魚
大航海の夢のつづき
海洋を分身にする男
根室港から
地球何周を終えているか
七回忌というのは

ポルトガルの女の深呼吸
リスボンの海を唄っている
　ポロロン　ポポロ　ポロン
あちらの淵の水平線へ
絞り出す熱いアルト
　すきにおやりよ
カサゴになったら食べてあげよう
珊瑚の骨で刺しとくれ
花咲蟹ならみやげにしよう
ポロン　ポロロロ　ポン

漁火の異境
霧にまみれた焼イカの匂
命の顚末を丸かじりする

岬

突端に来て
北を知る

憎愛の一切
かなぐり棄てた
断崖の海
塵芥の泡を噴いている

異国への眺望
吹き千切る潮風
抗う　きみの聖地へ
尋ね寄る投瓶

板屋　雅子（いたや　まさこ）

水平線

何時の頃からか私は
晴れた日の水平線が好きだった
海岸線の景観がとても美しい町の
海の見えない所に私は生まれ育った
普段は海は見られない

高校生になって隣町に通学したとき
汽車の窓から毎日海が見えた
そして校舎の二階からも
ちょうど私の席の横の窓からも海が見えた

湾になっているから
その出入り口に真直ぐに延びる水平線

海は陽光によって全く表情を変える
私の好きな海は晴れた日の
小さな小さな光の粒が煌く銀色の海
そして、その向こうに真直ぐに広がる水平線
それは美しいだけではなく
私の未来に続いているような
時空を超えた果てしない遠くへ
続いているように想えた

大人になって汽車の窓から輝く海を見た
現実というものが臆病にさせた自分
しかし、水平線を見ていると
また古い夢を想いだせる気がする
埃に埋もれ、諦めかけていた
夢が、また遠い過去から甦ってくる

光と風と波と

空が明るい青色の日
海が最も美しい日
水面を吹く風は穏やかで
小さな波を作る

小さな波の連なりは
何処までも何処までも続く
太陽の光は波の上に
何処までも何処までも降る

眩い銀色の光が生まれ
海はキラキラ神々しく輝く
静かな安らぎと
甦った遠い希望が見える

光の粒は宝石より美しく
光の粒は心を持っているよう
神様の宝石箱
独りそう呼んでいる

空が灰色のとき
心が澄んでいないとき
宝石箱の蓋は開かない
光と風と波が作りだす永遠は
素直な心にだけ見える

海の街の灯り

半島の向こうとこちらに街がある
広い入り江には大きな橋が架かっている
空が明るい間は目立たない風景

夕闇が近づくと
向こう岸の街と
こちら岸の街と
橋伝いにも灯りがともる

灯りは色とりどりで
山のほうから海辺まで
埋め尽くすほどの数
橋もアーチ型に光で飾られる

灯りが海面に落ち
ゆらゆら揺れているのは
悲しいほど美しい

海面に揺れるその光を見ていると
夢の中にいるように
ぼんやりと想い出す
遠い過去に栄えた
海に面した街の事々を
今は海の下に沈んで見えない何かを

彼方の海へ

道東のなだらかな海岸線を行くと
窓いっぱいに空と海しか見えないところがある
まるで汽車が海の上を走っているよう
そこを通るとき、太陽が照っているよう
曇っていないよう、いつもささやかな願い

太平洋の青は広大な青
穏やかな海面も美しいが
うねりが少し大きく
輝く大きな波が打ちつけるのも
心がほっと落ち着く

この海はどこまでも
どこまでも繋がっている
インド洋へ、アラビア海へ、紅海へ
スエズ運河を通れば地中海へ出る

何千年も前、古代文明の花が咲いた地
その蜃気楼がほんの僅かでも

水平線の彼方に見えたなら
海は時間と空間を超えて
不思議な力で繋がっている

魂の故郷

青く深い天空をゆっくりと巡る太陽は
青い海を銀色に変える
海面にひとつひとつの光の粒が
眩しいほどに輝く

いつか暖かい風の中で
白いゆったりとした衣に
素足にサンダルの幼い私は
その輝く海を見ていた

冷たい海を知らず
雪を見たことがない
遠い遠い過去
誰も生きて覚えている人がいないほど
遙か遠い過去

もしデジャブーが
どこかで見たことがあるような
いつか来たことがあるような
そういうものならばそれとも違う

より鋭い自らの魂に関わりのあるものに
出逢ったときの感覚
魂の近さ、懐かしさが甦る

今、生きる時間の埋めがたい違和感が
海を見ることで癒される
水平線の向こうで魂の故郷が待っている
それがこの世界で私に勇気を与える
そして海はずうっと繋がっているから
手のひらに懐かしい魂を乗せることができる

坂本　孝一（さかもと　こういち）

夜明けの沐浴

いつから繰り返され丸くなったのか
波に撥ねあげられ眠るように
磯にならぶ生石と死に石
時化の揉みあった夜明けのことだ

波が投げよこした咎めの数々
風のまま荒れ鬼が崩す賽の河原に石を
夜ごと積みあげる

波にうつる村は痩せ
高く積まれた波消しの深みに
叔父とその孫娘を引きずり落とし
全身に石牡丹を付けてもどってきたのは

三日三晩の篝火のあと
空五倍子色に示された波嵩は
入口と出口であった
村から水平線が消えると
生まれかわりの漆黒をおどりくるうものがいる
朝憑かれた菩薩となって
石原に流れつき
喫水の中に溶けるように消えてゆく

巻きながらよせくる波の奥から
陸に這いあがりいま糸をたらす
すなどりにあてがう羊水の沐浴をうながす

三十八億年まじりあった
青い影は濃い碧になじんで見えなくなる
身をよじる水母の
冷たい檻のなかで生まれたアミいくつにもわかれ
かすがいをむしりとって

始祖鳥は温かい空をひらたく飛行し
シーラカンスは岩石の寒い夜を
脳幹の宿り木で夢をみている

柱状節理に抱きつく化石の村
貝のかけらよりもするどく
息を吐き出し縮こまっている

こげ落ちてゆく夕陽に透かし見つめても
みつかるはずもないはじめの波
一滴の雨からのエメラルド・グリーン
忘れられたものたちはおどりでる

大波が洗うたびに夢はうすくなって
素足にからむ砂利は白い眼を剝く
弱々しい足裏だから
捨てた魚族にもどって
陽をななめに泳ぎ切れるだろうか

漁師

火葬された男は
血も焼きはらい

残すのは
いちばん底にある骨だけ

磯舟を操る男は
海の沈黙をよみ

山と木のあいだの風をかぎわけ
魚道をみつける

海をひっぱりあげた
太い腕も
粉のようにやさしくなって

石原の向こうで

細い糸の問答を仕掛けている
まもなく海の悲しみを釣りあげるだろう

遠くなった浜辺で
白い波がよこぎり
魚の口のような入江だけが
夕日に染まっている

族の痛み

なにかが飛びだったあとのわたしの影は
かるくなって地面をさきばしって
とまれない

闇のなかへつきすすみ
懐かしい雑草の種子をひらく

このあいだは羊水の魚で
いま鳥の病にかかっている

生き繁った
よもぎ原をこぎわけ繋いできたものの
苦しみも悲しみもある
きらうむらさきの煙のたつ翼も

飛びたい姿勢を咎とすれば
なん世紀も前のことだ
魚の鳥の形容をわたり
貌はだれに似ているのだろう

水に尾をふり
鳥に劣らぬ速さで
地を蹴り
一枚いちまいうろこを羽根を
削ぎ落とし
肩先をばたつかせ

滑空している生臭い体は
寸前のわたしだ
あれは確かにわたしだ

マグロ

おまえの大きな頭のすぐ下の
閉じれないまなこの
秘めた真実をあかしてくれないか
太平洋のど真ん中のことだ

未来の手前で
虹色の身を裂くみずばしら
強く尾を叩くおまえなら知っているだろう

洗われ澄んだ瞳に
たやすく雲がかかる
網の目に刻まれた罠におちてゆく

海のいただきは冬でいっぱいか
空にいちばん近い日に
列を崩さず凍えて

玄関先に転がり込んでくる
祝いのはじまりとなみだのとき

恥ずかしい黄昏
おまえを染めた色を抱え
戻れないところへ沈んで行こう

里中　智沙（さとなか　ちさ）

水族

真鰯竜巻《マイワシトルネード》

カプセルに入った餌がゆらゆらとみずの中に降りて
　きて
まず　素早い一匹が
つっ、と　向きを変えると
他は　一斉に後を追い
カプセルの動くままに
せり上がり
押し流れ
鱗擦り合うも多生の、
どころではない　巨大な塊になって
底の方でおっとりしていた一匹も
ついに流れに引き込まれ

何万の背鰭が　蒼光り　ひるがえり
海を截る
海をうねる
ぎんいろの竜巻《トルネード》
音のない花火
あるいは
3Dでうごく　北斎の波濤？
BGMまで流れて　鰯たちは踊る

カプセルは　またも
ゆらゆらとおりてくる
魚たちは一斉に靡く
一匹たりとも　外方《そっぽ》を向かず
うみの流れをつくる
うみのくうきをつくる
弱いちいさな魚だから群れをつくって
狙われにくくして　身を護るのです、と。
弱いから群れ
群れの中に隠れ
すっぽりと

「私」を消し
さらに弱くなり
きょろきょろと　ちいさな目で周りを見回し
みえない誰かの手が　みえない高いところから
甘やかな音楽とともに落とす餌に
後れじと。

進化論

はじめて地面から浮いて暮らしたとき
目の高さに　慣れなかった
そこに空が在ることに
空の中で本を開き　包丁を握っていることに
いくつの夜を越え　いくつの朝を迎え
いま
カーテンを開けて
噴水を見下ろす
街路樹を見下ろす
それどころか
飛行機はまだ怖いけど高層ホテルなら
東京タワーを真横に見て
東京ドームを真下に見て
何の不安もなくわたしは眠り
高く　もっと高くと
空を侵す「ヒト」の一人となって

†

とおい未来の記憶が囁いて
ぼくらは海に還ることをえらんだ[*1]
五三〇〇万年ほど前
新生代　古第三紀　始新世
と呼ばれている時代
いのちたちはつぎつぎに海を出て行ってしまった
　けれど
水と陸と相半ばして暮らしつつ

ちいさなオオカミくらいの肉食獣だったぼくらは
あたたかな　豊かな　遠浅の海に呼ばれた
何千年　何万年
いや何百万年かけて
前肢は胸鰭に
後肢もいつしか無くなり　尾鰭がうまれ
体毛も鞣され
鼻孔は頭の上の方へと
水に合わせ　水に馴染み　水に抱かれて
ぼくらは子を成し　子を育み
大海原そのものとなって
ときに汐を噴き――

（あのまま陸にいたら　カバの親戚だそうだよ
（でも　ヒトじゃなくてまだましだよね

†

わたしの母は　地についた家にしか住まなかった
玄関を出ると
雨が降ればやわらかくぬかるむ地面があった
祖母は「二階」さえ知らなかった

わたしのこどもたちはうまれたときから
風を見下ろし　樹々を見下ろし
鳥の目を持つ
それは遺伝子に組み込まれ
次の子供たちに　渡されるだろう
上へ上へと
厚い壁に護られた箱の家を積み
雲の中に　棲むだろう
ことばは　すでに通じない
（だから声は要らない
大地は　遥か遠い
（だから足も要らない
還りたくなっても
コンクリートの塊が罅割れているだけだろう
（もう陸は喰い尽くしたよ
空の高みで
重力に負ける肉体など　要らない

そのうちプラスチックの翼が生えてくる

地球を
雷を　流星を　極光《オーロラ》を
電飾のように見下ろして[＊2]
つぎつぎにヒトは飛び立ち
大気の層を抜け
哺乳類から何類へ？
戻れない旅の途上
わたしの骨は　今日

何ミリ縮んだ？

＊1　鯨。鯨の祖先は四肢と蹄を持った有蹄動物で、はじめはカワウソのように水陸両方の生活をしていたが、しだいに食物の豊富な水中に移ったという。

＊2　二〇一一年九月十八日、ＮＨＫスペシャル「宇宙の渚」より。

＊　この二篇は名古屋港水族館の展示よりヒントを得ました。マイワシトルネードはこの水族館の目玉の一つで、鰯の習性を利用したショーです。

石川　啓（いしかわ　けい）

海辺のモノローグ

寄せて返して　寄せて返して
寄せる時は海の中から手土産を持参し
返る時は浜辺のものを掬い取っていく
海の中のものと海辺のものとの交歓

寄せて返して　寄せて返して
寄せる時は胸に満ちる期待を抱えてくる
返る時は胸を削るもの淋しさを置いていく
人恋しさは心の内をやんわりと丸くする

寄せて返して　寄せて返して
寄せる時はさざなみの子守り唄を口ずさんでくる
返る時は揺り籠を揺らすようにそっと腕《かいな》を伸ばす

胎児は胎内の中で波のような音を聴くという

寄せて返して　寄せて返して
寄せる時は白いフリルの縁取りの無邪気な姿
返る時はレースの裳裾を広げた優雅な後ろ姿
はしゃいだ足並の白馬達　凛としたモデル達

寄せて返して　寄せて返して
寄せる時は大きな溜息でもつくように
返る時は大きな深呼吸でもするように
この地球《ほし》は年々眉根を寄せる事が増えていく

寄せて返して　寄せて返して
飽く事なく無言で交わした約束のように
一度でも途切れたらそれが終焉のように
拳万《げんまん》の小指を結んだ赤いリボンが翻える

波は地球の呼吸
穏やかであったり　喘いでいたり
時には牙を剥いたり　襲いかかってきたり

その日その日のサインを出している

海は地球の心
傷ついた時は優しく慰めてくれる
怒りを覚えた時は静かになだめてくれる
喜びの時は受け止めて増幅してくれる

しかし私達は海の嘆きを聞き取っているだろうか
その慈しみを裏切っていやしないだろうか
寄せる厚意に甘え切ってはいないだろうか
私達は海の寛容さを当然と思ってはいないだろうか

路上の海
―母に―

埃の匂いを立て
驟雨が走る
小気味よく　切れがよく
有無を言わせない見事さで

雫の中に街を閉じこめ
幾千もの街を降らす
どこからともなくよせる潮の香
埋めこまれた石が目覚めるのか
アスファルトの海を泳ぐ
懐かしい思いを呼びおこし
雨粒の
くすぐったい
生温かな液体の感触に漿液は歓喜する
爪の先々まで私は私で満たされ
雨の匂いを体にとりこみ
フウーッと一息つくと
ここはもう
私が生まれる前にいた場所《せかい》
その時もこうして私は揺られ　漂っていた
波の音を聴き　波の音で目覚め
巡る星々と月を数えていた

穏やかで　安心した心持ちで
いつまでもいたいと思っていた母の海原
産霊神《むすびのかみ》の御許

母の膝許を離れて幾十年
母の背丈をはるかに越えた
潮の香に呼び戻され
今私は路上の魚となり
ゆるりと尾びれをしならせ
心音を探して
小降りになった雨の中にとけこんでいく

回想

浜辺には
波に打ち上げられた
君の亡骸が落ちている
ここかしこ――
洗いざらしの
白い肌の一つに
手を伸ばせば
果たされずに終った約束たちの
かすかに
すすり哭く声がする
もう乾いて枯れた芯の中の
過ぎ去りし声――

遠吠えをする犬のように
僕は君を偲んで
海へと思いを投げかける
見えない犬がそれを咥えて戻るように
忘れ去っていたものさえ含まれた
数知れない思い出が寄せてくる
記憶の一端をつまみ引いてみると
切れることのない長い糸が引き出される
甦るさまざまなこと
おぼろなものが

次第に明瞭になってくる
君の表情《かお》や息づかい
海を見ながら発した言葉
そのひとつひとつが
若すぎて痛々しい

君が好きだった浜辺は少しだけ変わって
今日も波が時を数えている
遠い過去の骸に包まれて
心ふるわせる少年
独りきりで
ここでどんな幻想《ゆめ》をみていたのだろう
君の亡骸に腰を降ろすと
温もりとともに
白い肌に込められた
若かった日々のさざめきが
波の音と重なりながら聞こえてくる

中島　省吾（あたるしま　しょうご）

まだ思春期の延命措置を受けて
～君の港から出航したくなかった～

愛犬のチビは喜んで走っていた
天草色の春の草原の上を
タンポポの中を
そよ風に抱かれながら
僕は走って
追いかけて
こじゃらけた
チビはタンポポの前で止まって
においをかいて
幸せそうだった
チビと春色の草原の上で
走って

追いかけ合った
時の扉
その先には
誰かがいた
その先には
誰かが待っていた
あの人がいた
青空の下で
お弁当を作ってくれた人が言った
「食べよ♪」
あの香りがいた
あの思春期の香りが
変わらずにいた
あの思春期に
恋焦がれていた
憧れのあの人が
大人になって
僕の後ろや前を歩く
春の天草の中には
あの人が立っていた

風が吹いた
笑い合っていた
風が吹いた

思春期のあの人は
大人になっていた
僕は草原の上で
チビのことなんかほったらかしにして
あの人を力いっぱい抱きしめた
優しい故郷のにおいがした
春風が包んだ
あの人も抱きしめ返した
「ありがとう。君と居る限り思春期の僕に時間が移される」
思春期の君
学校の先生や仲間は
無常に消え去っても
君はいる
幼い時代も
今も緊張する

大切な異性
あの白い翼を持ったあの香りを放つ
君は
まだいる
君といれば
いつまでも
思春期の延長線の
本番だね
君にほれていた僕が
いつまでも
永遠に緊張している
だけど今は君のために
その緊張をスタミナに変えて
仕事で君に尽くす
夜と朝の君と見る
今の時代の神秘感動の光
あの時間を飛び越えて
僕は輝いて
思春期の延長戦をまだ戦っている
年老いた僕はいない

君の周囲には
まだ中学生の
延命生が一人
生き残っている
先生はいない
仲間はいない
みな
人間関係の
みな
自身の人生の
個人の人生の
荒波へ船が出た
人生道の無常に
流されて消え去った
先生ではなく
君のいる港に留まって
生き残った僕は
今度は
君という
人生の教師の授業を聞いている

人生の授業を聴いている
僕はまだ中学生だった
僕だけがまだ
君の周囲から
無常にさらわれていなかった
時代遅れだった中坊の少年が
あの中坊の少女をまだ見ている
まだ人生道の港から出航せず
君の港にまだ留まっていた
君の港から出航しなかった
したくなかった
「君の人生の授業は
学校では教えてくれなかった男女の人生学だった」
「男心は嫉妬したり、
男心は嬉しかったり、
男心で泣かせてくれたり、
男心を感動させてくれたり、
笑わせてくれたり、幸せにしてくれたり、
生命の神秘を教えてくれたり」
「本当に、人生の授業は楽しいよ」

奇跡的に一人
中学時代の延命措置を受けて
生き残っている
時代が変わらない
君がそばに居る限り
まだ中学生だね
白い翼を持った君に
いつまでも童貞のままのように
憧れているよ
いつまでも刻まれて
いつまでも
二人中学生だね
いつか空色
いつか春色
いつまでも中学生
タンポポのような
思春期に憧れた
においがした
まだあの香りに緊張した
中学生の僕がいた

いつまでも
あの香りに緊張している
春風が吹いていた
君の髪が
まだ
あの中坊の少女の
長い髪が
風になびいていた
僕は春風の中
立ち竦んだ
残る中学生は二人
君が先生
人生の授業を楽しんで受けている
君の人生の授業は
海の見える港でやっている
そこには生徒の船はもう一船しかない
思春期の延命措置から
帆を広げて
船を出したくなかった
君の港から出港したくなかった

音月　あき子（ねづき　あきこ）

ライブハウス

深海に宿った命……　キミは頑丈な岩を破壊し
自らが赤い炎となり　海をあたためる
蓄積した力は　この星を救うだろう

純白なこころに秘めた傷痕
赤い涙がじわじわと　僕等を庇うように広がる
決して赤く染まらない　未知なる海……
キミがあたためた海で　僕等は瞬く
海藻はそよぎ　魚は踊る　そして僕等は歌うんだ

蒼白い炎へ…　進化し続けるキミは
神聖な音を放ち　深海と夜空を繋いでゆく……
朧月夜……　キミの音が僕等を起こした
サワサワ　波風が囁き
波音が音量を上げる

ここは　深海と夜空の壁がない部屋
僕等の音色が反響する
キミは　月の香りを立ち込め
柔らかな潮風で僕等を撫でた

無色透明な炎へ……　僕等はひとつになる

深海……　岩肌には
赤い引っ掻き傷が刻まれた
それは　僕等がキミを欲した残痕

無色透明な炎に焦がれ　火種がくすぶる
もうすぐ此処には　命が宿るのだろう

キミの息づかいに　炎が揺らめく
心のさざ波は　心音に溶け込み
快い音に抱きしめられて……

僕等は　命を授かる

キミが生まれた壮大な海で……

海亀さん

翼のような　キミの手
大きく広げて
海をスローモーション

貫禄がある　首のシワ
こうらをノックして
にらめっこ

気まぐれに動き出す
のんびりしたキミを見ていたら
あくびが出てきたよ

一生懸命　ほふく前進
ガンバレ　ガンバレ
海まであと少し

波にのまれて　海に帰る
そんなキミに私は話しかける

海亀さん　海亀さん
長生きの秘訣を教えてよ

恋

ビーチサンダルに　まといつく砂が熱くて

裸足になれない私を
君は　波打ち際まで抱えて運ぶ
ふざけて　海に投げようとするから
泣きそうになって　しがみついた

砂浜に敷いた　小さなシート
ふたり背中合わせで
背中が　ドキドキ

甘い香りの香水が　海水で薄まる
君は香りをつけ足して
じっと私を見つめるの
耳元に顔を近づけると　甘～い空気

つけすぎだよって言うと
君はすねて　黙り込んだ
私は　ジュースを買いに行ってくるって
言って逃げ出した
追いかけて来てくれるって

分かっていたから……

ふたりは　手を繋いで仲なおり

炎天下の砂浜に　影が出来て
繋いだ手で　ハートの形を作った
君の影に隠れて　姿を消す
頭の先から　ピースサイン

ふたつ重なる影が嬉しくて
背中にしがみついた
君はまたふざけて
海に投げようとするんでしょ？

耳元の香りにキスをして
私は　歩き出す
振り返るのが　恥ずかしくて
早足で歩いた

長い髪がなびいて　香りが届いたら

君は抱きしめてくれるよね？……
君の香りがする　香水売り場
あの日の　香りが漂う
私は振り返り　君を探した
追いかけて来てくれるって
思っていたから……

よごれた砂

うつらうつら……
濡れた砂浜に　足跡を残して歩くのです
這うように私を侵食する　赤黒の闇
消えては現れる手の甲をつねると
まだ　痛みを感じます

波に追われ　消えてゆく足跡
這いつくばり　掻き集めた砂は泥のようでした
私はその手で「私」を創成し　生きるのです

うつらうつら……
乾いた砂浜に　足跡を残して歩くのです
粉々の私を　誰が掻き集められるでしょうか
掬い上げたそばから　風にさらわれ
未完成なまま　散ってゆくのですから

ならば　訪れる波に願いましょうか

いっそのこと　消してくださいと

もはや無音の日々に
「私」は存在しないのですから……

井上　摩耶（いのうえ　まや）

癒しの土地

多国籍な土地の海沿いに並ぶカフェレストラン
軽い食事をしながら　いろいろな言語が飛び交い
小さい黒い鳥のように
少し遠くで波に乗るサーファー達
空も青く　白い鳥も飛んで
ヴァカンスを楽しむ　いつの時代もそこは
人を集め　最高の風景で皆を魅了し
昼間の暑い恋のように　毎日変わることなく
人々を少し酔わせる

陽が傾いてくると　あちこちでロウソクが灯され
海に沈んで行く太陽を見ようとまた人が集まる
ヤシの木が影を作り　その葉の間から
沈む太陽に照らされた海が静かに輝き
また今夜も変わらず　秘密を明かした後のように
人々を少し酔わせる

夜　空には少し欠けた月が昇る
海にも月は顔を重ね　また人を集める
今度は恋人達が　口づけを交わす場所となり
街は何も言わずに　その光景をポストカードにする
海は波の音だけで　恋人達を魅了して
ゆったりと　恐怖にも似た黒へと変わり
また人々を少し酔わせる

深夜　人々の気配はなく
あるのは　羽を伸ばした空と海
互いが互いを労り　愛の言葉をかけ合い
静かに静かに　この星を撫でるかのように包みこんで
またいつもそうだったように
生れた姿で　この宇宙に青を発する

早朝を迎え　鳥たちが鳴くと

ジョギングをする人々が現れ
浮浪者も朝食の調達へ
少しすると　カフェも看板を出しまた人を集める
エスプレッソの香りと共に　眠気眼の旅人が
地図を広げてゆったりと海を眺めながら朝食をとる
ここは　人々の心の傷を隠す
ずっと昔からある癒しの土地
街がざわつき　空と海の恵みを受けながら
また新たな一日を始める

イルカになって

大気という生暖かい海を泳ぐ私は魚
の　ような人間
の　ような生き物
街も草木も花も
そのままに

此処はまるで海に埋もれた古い文明
もしイルカが奏でるような周波音で
どこまでもどこまでもあなたと繋がれたら……
あなたの居場所や
自分との距離
そんなことがわかれば
この大海も泳ぎきれるかもしれない

いつかは陸に上がり
身体休める私たちでも
産まれたのは　母親の羊水の中
私たちははじめから
大海の中にいるのかもしれない

そして運命として
この生暖かい大気と言う海に投げ出され
また泳がなければならないのかもしれないいな

いつまでも　いつまでも

イルカのように優雅に美しくありたいけれど
私達は老いて行き　あなたとの距離もわからないまま
　でいて
この大気の中　苦しみながら泳いでいる

いつかは此処には誰もいなくなり
文明だけが大気という深海に残されるのかもしれない
その時　小さな緑だけが命を持ち
また新たな命のサイクルを始めるのかもしれないな

その時　もしまたあなたと出逢えたなら
今度こそイルカになって
その周波音であなたの居場所を見つけて
私からあなたの元へとどこまでも泳ぎきるんだ

広がる海

あなたを醜いと言ったのは誰ですか？

少し向こうに横たわり眠る
あなたの裸体を見て考えていた

日焼けした肌
短く切られた黒い柔らかい髪
なめらかな曲線の肩からうっすらと線を浮かべる
太い腕
その先へと続く厚い手のこう
手入れされた　健康な爪

それはまるで
ギリシャ神話に出てくる
海の神の姿

その胸から張る
少しふくらむお腹も
あまりにも自然にそこに存在し
人間が近代に作った
あらゆるものにそぐわない

そう思って　私は静かに
とても穏やかな気持ちで
あなたを眺め続けていた

白いベッドも
閉ざされた窓も
部屋の壁さえ不自然で
いつしか遥か彼方まで広がる
青い海が見えた

水面はキラキラ光り
まるで太陽に照らされ
浜辺で寝そべるあなたが
今にも動き出しそう……

現代の私の生活から
どこか遠くへと運ぶその風景は
もはや　語ることさえ惜しい存在

その時　あなたの心を

あなたの生きた歴史を感じようとしたけれど
それはきっと今の私には遠すぎる
強い意志と　豊かな経験と
深い傷

この　現代の病に冒され
不健康に存在する自分の身体……
半分恨みながら
私の想像力は限界に達した

あなたが目を覚まし
手にするであろうタバコの箱に目をやりながら
この時を永遠に
心に刻もうと　誓った

末松　努（すえまつ　つとむ）

波間

やわらかな水を湛え
揺るがぬ表情で構える
どこか父を思わせ
母を宿す海原に
小さな恐怖心が漂う
この目に映るのは
父性の威厳か
優しき母性か

抗えぬ波が
削られることを恐れぬ岩礁にぶつかり
白き粒子が迸る
夢の香りがする潮風は
負けそうな心を湿らせ
こどもの背を
微かに押していく

砂浜に座り込み
地球はこれほどまで水平であったかと
一定にならぬ地平線に呟く
寄せては遠ざかる波は
引き際を教えている

（なめらかに、しずかに、いさぎよく）

いいかおまえたち
波間に明滅する光を見よ
波音のリフレインを聴け
生き様がそこにあるではないか

両親の声がする

産まれてきたのは

たしかにここであった
シンドバッドになりきれぬ
わが身を持てあまし
渚に立ったまま
苦く微笑む

夕暮れは近い
港に
まだ船はあるだろうか

戦場

闘ってるんだ
生やさしく佇む地上よりも
はるか蠢く海の上に
漁り火を走らせ

俺たちは
逃げることもできん船上で
この星の胸ぐらを掴んで
命をかけているんだ
忘れるな
たとえちっぽけな船でも
津波を乗り越えることはできる
忘れるな
この海は
俺たちを殺すこともできる
だが無我夢中で
何もかも捨てれば
あるいは生きることだってできる
生きることは
恵まれた命を
ぶつけあうことだ
俺たちは今日も魚を捕る
魚は海に生き
海はこの星に生きる
そしてこの星は海に司られ

俺たちがそこに生きてる
源の海を思い
生きとし生けるものよ
力の限り命を交わせ

沈む夕陽、昇る朝陽

碧くきらめく
空と海に
紡がれ続ける
地球という名の物語

この惑星を彩り
ここで心を洗うことができるのも
とどまっては流れ
降りては昇っていく

大海原があったからなのでしょう
夕陽が光を海に沈め
朝陽がそれを蘇らせる毎日に
わたしたちは
何を急ごうとしているのでしょうか
限られた時間に
詰め込もうとしているのは
わたしを生み出す物語ですか
それとも
あなたを追い出す物語ですか

海が空を映すように
空は海を映しています
つながっているようで
切り離されている
ふたつの青
でも
世界はひとつ

そこにひとりで生きられぬわたしたち
ただ寄り添えるのは
無数のあなたとわたしです

帰る場所

帰ろう
深き海底へ
光の届かぬ山脈をたどり
静かな埃の舞う
あの場所へ
ただしそれは
消えるということではなく
見えぬところで
慎ましく輝き続けるということ
気の遠くなる歳月を費やし
止まらぬ時間に溶けていくということ

（祈りは空へと羽ばたき
白い翼を切り離し
碧き雨となって降りては
不透明な大地を透過し
海へと巡礼を続ける）

日出づる海から希望が届けられたかのごとく
夜のしじまに瞬く星と家々の灯り

さあ、帰ろう
いまを照らし
あすを抱くわがまちに

さあ、還ろう
わたしをあらしめる
すぎた時を刻んだふるさとへ

和田　文雄（わだ　ふみお）

浄土の浜[*1]

わたしをとりまくように
ここに人たちは集まってくる
あの日のままの姿をして

たしかに影は人影をつくっている
をとこ姿をして
をんな姿をして
背丈が低く肩あげが可愛い袢のような
腰あげ姿が何かをたぐっている
いつ尋常の裄と丈の着付けになる

エーナサンもエーラスグネエの
エレーサマもマッカラムゲーに
ネンス顔[*2]して座っている

たしかに動いている
手が動いている
口が動いている
髪毛が揺れている
漂っている
漂いながら手を振って
辿り着いた
巌にかこまれた浄土の浜
白砂のかこみのなか

寒さに耐える冬
親もまたその親も
生まれて生きてきた冬
子もまたその子らも育ってゆく
暑気と夏の陽のひかり
浄土とはこのようなところ
なのに　なのに
そうさ　ここのところなのだ

小さな砂が動く
海の底で
時間はとまっていない
上を向いている人がいる
かがんでいる人もいる
小走りしてすがりつく子供も

海の底で砂粒が光る
やがて人がたの　人影をつくり
あれからの時間　止むことなく
いまに
そして　やがてもの
やがてのことに

あれから雪が積もり
桜花も競って咲き
夏のひかりに耀い
はるかな峰をわたる紅葉となった

この浄土の浜をとりかこんで

時がすぎてきた
そしてまた時がすぎてゆく
限りある時は限り無い時にかこまれ
限りない生命にかわってゆく

沖の波に
寄せる砂に
巌の水ぎわに
寄り添って
輪になって
また列になって

みちのくの人々に無量のこころに
みちのくの土のくろさの無辺に
あつまって浄土と決め
やがて遠い御祖の誰かれと一緒して
暮すところとした
いま海も地も穏やかに
行き着くところ浄土ケ浜
祈りの浜

＊1　浄土ケ浜

岩手県宮古市日立浜町、陸中海岸国立公園、昭和三十年五月二日指定。

＊2　宮古の土地ことば

エーナサン…若い男、オニイサン。　エーラスグネエ…こころが可愛くない人。　エレーサマ…偉い人。　マッカラムゲー…真向かい。　ネンス…ですね、会話の接ぎ穂。

歓喜

花綵《はなづな》列島にいまは神話もとぎれ
色をもった白熱光線にとけ
くらげなす闇に漂っているもの

芽生えは　ひとすじそして一筋に
一畝そしてひと畝と畝だてられる
土のふところに抱きこまれ
葦芽《あしかび》の牙のごとく芽生える

葦切《よしきり》は侵したものの虚仮姿に呼びかけ
〝行々子ぎょうぎょうし〟とさわがしく
神話の途絶え潮の満ちてくる島陰にいて
乾湿計の読取りはできないと笑った

飛来する蜻蛉や鳥たちは海原も海峡もこえ
豊饒《ほうじょう》の使いとなり五風十雨の恵みを連れ
人々の事依《ことよ》さしする　こころゆたかな
豊秋津洲にひた直《なお》く気吹《いぶ》きする

蒼氓は火環の島々の渚に山々に
歓喜して麗しく　あかきこころを懐かしみ
紫雲英《れんげ》花を花綵《はなづな》に結え幸せをいわいする

真鶴岬　魚付き林

一つの種子が芽生え　一本の苗が植えられ
星へとどくような時間が過ぎた

人たちは思い残すこともなく世代交番する
種を播き苗を植えた手柄は胸に仕舞ったまま

その腕と顔は樹齢三百五十年の林相と似合い
根張りは掘られた植え床にこの日を約した
なにも妨げるものはない〈御林*〉なのだ
大樹の日陰は魚族に有情の空間をあたえる

木々の緑は風を防ぎ岬の土を蓄え肥沃とし
陽のひかりを柔げ下草を育て庇蔭林となる
自然と人と岬は大洋を播《ほどこ》ろの安らぎに誘い
海の魚たちの旅立ちと帰巣の休み場とする

森は魚を寄せ人は土を養い安らかに
真鶴の岬は繋りと海の幸に暮らし
女衆は御林の赤いカケノウオに子宝を授かり
霊験に他人《よそびと》もお詣りして歓びをともにする

*神奈川県足柄下郡真鶴町の魚付き林。

高田の松

瀾々《らんらん》と濁々とおおなみ
海嘯は寄せ浪波は攫い
堪えて怺《こら》え
松の根方と幹と

ともがらは倒され流れ
動かない
無言
仲間に讎《むく》いる

高田の松原ひともととなる
　松枝一《しょうしいつ》に何ぞ勁き
と詠った古人の瞠目をあらため
人々はいまを未来に
未生のいのちに
勁くつなぐ
高田の松原の
高田の松

星野　博（ほしの　ひろし）

小舟

人は海にやってくる
海を求めてやってくる
たったひとりでやってくる
砂浜に腰をおろし
海原の果てをじっと見つめる
波音に傷を撫でてもらうため
潮風に涙を拭ってもらうため
目を閉じて
速度を緩めた時間に身を包む
そして小舟に荷物を積んでいく
胸につかえている思い出たち
刺さっていた棘のひとつひとつ
すべてに別れを告げて載せていく

やがて小舟をそっと沖へと押し出す
震えながら波間を進んでいく小舟
その後ろ姿を浜辺から見守る
じっと目を閉じたまま
漂いながら小さく小さくなっていく小舟
人は目を開ける
波の彼方に視線を投げる
もう小舟は見えない
沖のはるか向こうへ消えたのか
ぶくぶくと海の底へと沈んだのか
ゆっくりと立ち上がり
もう一度しっかりと海を見つめる
そして海に背を向けて歩き出す
砂浜に足跡を残しながら
海猫の声にもう一度振り返ろうか、という
誘惑を振り切って
霞んでゆく波音を背中で受けとめ
人は自分の居場所へと帰っていく

エネルギー

海面を指先で触れた
その瞬間
海とつながることができる
海のすべてを感じることができる

太平洋、大西洋、北極海、インド洋…
何にでも名前を付けなければ気が済まない
人間が勝手に取り付けたラベル
あるのはひとつの海
ひとつの命溢れる海

海のどこかで　月明りを浴びてイルカたちが踊る
海のどこかで　産卵を終えた海亀が眠る場所を探す
海のどこかで　獲物を求めてタコが触手を伸ばす
海のどこかで　クジラがゆったりと波間で歌う
海のどこかで　魚の群れが一斉に向きを変える
海のどこかで……

絶え間ない命たちが織りなすドラマの数々
それらを指先で感じてみる
きっと伝わってくる
心を静めて触れてみれば
海は届けてくれる
膨大な命のエネルギー

するとひどいことはできなくなる
目の前の海に対して
どれほどの恵みをもらっているのかに気付く
目の前の海の広さから

凪いだ心を

神は人間をつくったとき
手足をつけて陸地で活動できるようにした
さて　えらと水かきもつけて
海でも生きられるようにしようか？

いや　まず大地を与えてみて
どう生きるかを見ることにしよう

いくつもの夜と昼が通りすぎて
地球は回転し続けた
グルグル　グルグル　グルグル……

最近の人間たちはどうだろう?
今日のトップニュースは何かな?
相変わらず戦争　テロ　殺人事件か
こんなニュースを見て朝食なんて
子供たちがかわいそうだと思わないか
海を人間に与えていたら
地球は青い色を失っていたかもしれない

神は人間たちに語りかけることにした
耳をくすぐる波音となって
肌をなでる潮風となって
椰子の木陰のそよ風となって

わたしの愛する大切な人間たち
海のような広大な心を
みんなが持っていることに気付いてごらん
青空と風と波が手を取り合っているように
あなたたちも完璧なハーモニーで歌えるのだ
行っては戻る単調な波の動きにも
美しい砂浜をつくる大事な目的がある
しばらく浜辺にたたずんで
思いつくまま詩を奏でておくれ
真珠の輝きを放つ詩の数々を
大勢にもたらすために　凪いだ心を
分かちあうために　凪いだ心を

写真フォルダー

来てしまった　真冬の海岸に
なんとなく　電車に乗って
海を見たいと思ったから

浜辺には人が三、四人
ここに来たのは　何年か前
真夏の日差しのもとで
友達と寝そべっていたっけ
足元に夏のかけらが見え隠れ
アイスの棒、お菓子の包み紙、びんのふた
重たい曇り空　強めの北風
夏はいま　手の届かない距離に
スマホを持って写真をパチリ
なぜだろう　海に来ると写真を撮るのは
今までに何枚もの海を撮ったのに
方向を変えてまたパチリ
サイズも変えてまたパチリ
写真フォルダーに納まっていく
うちに戻って　そして何年もたって
見返すだろう　今日の風景を
心が求めるだろう　波の模様を
枚数は膨らんでいくけれど
なかなか消せない　海の写真たち

若宮　明彦（わかみや　あきひこ）

海の話

海を見たことがない
谷線のあなたのために
海の話をします

辛い日も哀しい日も
一日二回　月の背をうやまう
満ち引きの祈りについて

昨日も今日も
山風に勝ち　海風に負ける
海岸線の少年について

星砂や太陽の砂を
拾い集めては　また海に返す
潮間帯の少女について

海を感じたことのない
尾根線のあなたのために
海の話をします

海洋性

海霧のように流れる
一房のかなしみを
こころの水平線から
そっともいでしまいたい

時間の透明なしぐさが
たえまないほどひそやかに
わたしのうなじに打ちよせ
過去の渚を削ってゆく

満ち引きの本当のねらいは
月のやさしさを借りて
海水の音符を
くちずさんでみることだった

だから　もうすこしだけ
湿潤にそまる果樹園で
熱する気流を待っていたい

わたしの低みから
あなたの高みへと
ふいに舞い上がってゆく
潮風の果実のように

海辺にて

打ち寄せるものより
遠ざかるものに
ふと目頭が熱くなるのは
どんな因果によるものなのか

わずかにうねる水平線を
肩先に留めながら
何という名の風を
わたしは待っているのだろう

けれど
海は黙して答えない
答えの代わりに
貝殻や小石を
こころのマス目に
そっと置いてゆくだけだ

載しかかる金属の時を
海時間で反芻して
もう少し遠くまで
ほんの　もう少し遠くまで

石化した躰を届けてみたいと
鋭利な波先につぶやいた

Argonauta - 漂流者

東シナ海の潮境で小さな光を見た
それはすべて黄水晶の粒であった
光の襞を幾重に幾重にも束ね
一千万年の眠りについていたのだ

ギリシアの王子イアソンは船旅に出た
船大工アルゴスの造った巨大船に乗り
勇士ヘラクレスと名医アスクレピオスを従え
〈黄金の羊毛〉を求め大洋をさ迷い続ける

ふと長い夢からさめると
ここは〈黄金の国〉ジパング
ユーラシアの東縁まで流されたのか

対馬暖流のゆりかごから離れ
北西の〈アイノカゼ〉に揉まれ
エゾ・イシカリペツの砂丘へ漂着

Nautilus - 水夫

海溝のよどみで鳴いた一声が
表層のあなたに聞こえたのか
水圧に消された螺旋の譜面を
どんなソナーで読み取るのか

わたしの始まりはジュラの渚
ほんの二億年をたゆたい
カルシウムの迷宮を背負い
あらゆる海の世俗を捨ててきた

聖なる黒潮の流れを紡ぎ
秒速五ノットのクロールで

熱い潮を突っ切ってきた
もうろうたる台風の渦から
さらなる厳しい渦潮を浴び
阿波・鳴門の白砂へと難破

海の穂先へ

少年は海へ行く
小さなハンマーと大きなタモを
なめし皮のリュックに入れ

時間すべてが過失だった
北西の風紋の上にすわると
定理の過ちが見えてくる

海が啼かないのでない
啼けない海もあるのだ

低い潮位には過去もうつろう

たどり着いたのは
貝殻や浮子だけではない
海豚や流木だけでもない

怒りに飛び散った軽石
獣が食い散らかした肋骨
海辺に流れ着く時の断片

そして　少年は放尿する
盛り上がった砂丘の高まりから
低潮線へ向かって過去を送り出す

その虹色の放物線は
ハマヒルガオをぬらし
表層水をさらにしょっぱくする

海水の塩分が増した分
地球の時間も辛くなる

佐相　憲一（さそう　けんいち）

波音　Ⅷ

震災停電も終わった日曜日
横浜港山下公園はつつじに青空

なんとなくかなしいぼくは
またここに来て
波音を聴いている

ザザーッ　ザザーッ

〈やっぱ　いいねえ　ハマは〉

その時だった

少し離れたところに
同じように
海を見つめる男

白髪が禿げかかっていて
浅黒い顔
小太りしたそれほど高くない背格好
作業員風の冴えない上着
よれよれのジーンズ
欄干に頬づえをついている

ぼくは動揺して背後の芝生に移動する

黙って海を見つめる男

通行人の喧騒の完全な外にいて
彼は海を見ている

彼自身の人生を見ている
通ってきた時代を見ている

激しいものがいっぱいあり

うまくいかなかったこともいっぱいあるだろう
その中に
初婚の時の息子の記憶は出てくるだろうか
名前と顔と性格と思い出は一体になっているだろうか
その息子がいまどこで何をしているか少しは見えるだろうか
その息子が遠くまで転々としてきたことが見えるだろうか
その息子が海を愛し港に来ていることを
少しは予感するだろうか

再婚後の彼の人生は
七十年近い歩みの中で
何かしら優しい景色となって
波間に見えているだろうか

ザザーッ　ザザーッ

いまさら〈感動の再会〉でもあるまい
声をかけるシチュエーションじゃない
母と父と幼かったぼくの物語はつらいから
中一の夏
大桟橋で再会した時の
ぼくから父への
父からぼくへの
ぎこちない微笑み
その記憶で十分だ

ザザーッ　ザザーッ

〈やっぱ　いいねえ　ハマは〉

彼もそう言っているみたいだ
〈父さんは詩人かもしれないね〉

ザザーッ　ザザーッ

もう一度ぼくは

老人になった父と
並んだ海岸に離れて立ち
波音を聴いている

（詩集『時代の波止場』より）

極東ゴマフアザラ詩

涙。オホーツク流氷、アムール河の涙。〈愛の神〉を意味するその大河は黒龍江とも呼ばれ中国、ロシア、無数の人間が見つめてきた、また無数の人間を見つめてきたひとつの〈目〉だ。その目には血しぶきと動植物の死の叫び。何十年も何百年も何千年も流れ続けてきた涙である。皆アフリカから流れてきたのではなかったか。氷河を越えて飢えを越えてここまで旅をしてきたのではなかったか。ヒトの歴史は軍歌の歴史か。大陸は殺戮に満ちた「満州」か。日の本は武装と不信の火の本か。極東は侵略と対決の「宝庫」か。自由なき圧政の処刑場か。汚職ハウスか。アムールは愛をなくしたホモサピエンスの皮肉のレトリックか。未来はないのか？　そうじゃない、そうじゃない。目の中の竜がうねる。生きものがうねる。黒龍のダンス、うねりうねって涙の中を、オホーツク。ひろがる海に黒龍はゴマフアザラシの瞳に変わる。（泣かせる童顔だ！）何も知らないゴマフアザラシはさっそく流氷に乗って旅をする。すーいすい、すーいすい。怠けものなんかじゃない。いっしょうけんめい生きているんだ。はるばるサハリン、礼文、稚内、網走、知床。ヒトが凍える厳寒の季節が彼らの愛の時間。ゴマフアザラシの赤ちゃんだ！　見たまえ、この瞬間の命の光。この星の祈りの光。ぱっちりおめめの赤ちゃんが氷の上をごろーんごろーん。「有事」法制は必要か？　戦艦は必要か？　軍隊は必要か？　国境は必要か？

ヒトよ、ヒトよ、答えてくれ。

春、ゴマフアザラシは北海道を離れ北へ。アラスカの方にもいるらしい。英語圏ではハーバーシール（港のアザラシ）と呼ばれ、更にはるかヨーロッパはフランスを旅した友人が送ってくれた写真には岸で見かけたアザラシの昼寝姿。ゴマフアザラシの親戚だろう。再びはるかオホーツクに戻るなら、宗谷海峡、タタール海峡、ハバロフスクを経て、愛アムールの涙の流れさかのぼる竜。同江（トンチアン）、黒河（ヘイホー）、やがていくつもの支流に分かれモンゴルへ、中国へ、ロシアへ。そのひとつの流れは、バイカル湖。バイカルアザラシが住んでいるところ。
〈地球はつながっている！〉
つながる命の星のうねりの中で、瞳と瞳、竜と竜がダンスをしながら。

流氷が再び旅に出る頃に、地球はまるくなっているだろうか。

（詩集『永遠の渡来人』より）

波止場 Ⅲ

傷口から流れるものが
ぶつかります

受けとめるうちに
深いところに合流して

夕焼けが打ち返されていきます

心の手すりを愛と呼ぶなら
愛につかまって
風の彼方を見つめます

波音が内側に聴こえてきたら
きっと大丈夫

そんな声を
思わず送りたくなるような人びとが
同じこの星に生きています

（詩集『森の波音』より）

V

海の詩

――いまは亡き名詩人――

杉山　平一（すぎやま　へいいち）

一九一四〜二〇一二

日日

夏の海に仰向けに浮いて　青く遠い空を眺めてゐた
満身の力をこめて　一心に木ねぢを締めつけてゐた

波

岩に怒りをぶっつける波
はげしく　またはげしく
もう　やめなさいというのに

海

海のかおりを
胸ふかく吸うと
波がスーッとよせてくる
フーッと吐き出すと
波がひいてゆく

私と海と――

水平線

水平線が傾むいている
（傾むいているのは自分なのに）

船出

夜ふけてやつと辿りついた寝床
船のかたちに足をのばして目を閉ぢれば
一日のはら立ちやお金のやりくりが
もうしずかに遠のいてゆきます
ボン　ボワイヤージュ
僕の船出を送るかすかな犬の遠吠え

あけがたまたこの港に戻るのはいやですね

草野　心平（くさの　しんぺい）

一九〇三〜一九八八

夜の海

遠い深い重たい底から。
暗い見えない涯のない過去から。

　　づづづづ　わーる
　　づづづん　づわーる
　　ぐんうん　うわーる

黒い海はとどろきつづける。
黒のなかに鉛色の波がうまれ。
鉛色のたてがみをしぶかせて波はくずれ。
しめっぽい渚に腹匐ってくる。
鉛の波は向うに生れ。
また向うにも生まれ。

そして墨汁色に呑まれてしまう。
けれどもまた現われて押しよせてくる。

　　づづづづ　わーる
　　づづづん　づわーる
　　ぐんうん　うわーる

　こんな夜更けの今頃だろう。
マンモスたちが歩いていたのは。
かびたアンコロ餅のような匂いをはなち。
みんな並んで。
ずるるぬるり。
大きな饅頭型の足跡をのこし。
腹は充ち足り。

幸福そのもののように歩いていた。
そして向うの一と際黒い闇のなかに。
もっかりもっかり消えていった。

づづづづ　わーる
づづづん　づわーる
ぐんうん　うわーる

九十九里浜の茫漠のなぎさに。
波は鉛色の唐草模様のレースになって匐いあがるが。
砂をなめずりまたザザアッと黒い海にもどってゆく。
徹夜してとどろく。
大きな海のなかにもどってゆく。

づづづづ　わーる
づづづん　づわーる
ぐんうん　うわーる

エリモ岬

カスペ型の道南端。
の断崖。

更に飛火模様に。
ごつい岩丈な巌巌がつづき。
ぐるりは泡波のあぶく。

Pacific 押しよせ。
エリモ押しかえし。
ここらあたり実に。
荒荒しい汎神論の棲み家である。

丸山　薫（まるやま　かおる）

一八九九〜一九七四

河口

船が錨をおろす。
船乗の心も錨をおろす。

鷗が淡水《まみづ》から、軋る帆索に挨拶する。
角がビルジの孔に寄つてくる。

船長は潮風に染まつた服を着換へて上陸する。
夜がきても街から帰らなくなる。
もう船腹に牡蠣殻がいくつふえたらう？

夕暮が濃くなるたびに
息子の水夫がひとりで舳に青いランプを灯す。

ランプの歌

私の眼のとどかない闇深く海面に消えてゐる錨鎖。
私の眼のとどかない闇高くマストに逃げてゐる帆索。
私の光は乏しい。盲目《めくら》の私の顔を照らしてゐるばかりだ。
私に見えない闇の遠くで私を讃めてゐる鷗が啼いた。

鷗の歌

私の姿は私自身にすら見えない。
ましてランプや、ランプに反射してゐる帆に見えようか？
だが私からランプと帆ははつきり見える。
凍えて遠く、私は闇を廻るばかりだ。

帆の歌

暗い海の空で羽搏いてゐる鷗の羽根は、肩を廻せば肩に触れさうだ。
暗い海の空に啼いてゐる鷗の声は、手を伸せば掌に摑めさうだ。
摑めさうで、だが姿の見えないのは、首に吊したランプの瞬いてゐるせゐだらう。
私はランプを吹き消さう。
そして消されたランプの燃殻のうへに鷗が来てとまるのを待たう。

河邨　文一郎（かわむら　ぶんいちろう）

一九一七〜二〇〇四

サロベツ原野

雷雲の真下、
ただ一本の樹木として僕を立たせ
ほしいままに繁りひろがる雑草原の、
目のとどくそのはてに、一線、海が光った。
風も落ち、鳥の影も落ちつくして、
一枚板の天の下をただよう
鉛色の
無の体臭。

めくるめく孤独感が僕をしめつける。
広大な天地の間に
僕だけが在る、
恐ろしいほどのこの実感。

そして僕の内奥からうめきが洩れる。
僕はなにからはじめるべきか。

夕映えが天末を染める、華やかな
理想のように。やがて色あせてゆき
すっかり消えた。草いきれにむせぶ
薄闇の奥へと僕はふみ入る。蔓草を引抜き、
灌木をふみ倒し……
それら、一つ一つの単純な動作が僕を進ませる。
そうして僕ははっきりと悟った、すべて単純な動作
　のなかにこそ
未来の確実なデザインが生み出されていくことを。

このように動作したのだ、僕らの父は、母は、祖父
　母たちは。
最初の鍬をふりおろす、
畑がつくられる、
家が建てられる、
部落が、
町が、
まさしくも歴史が、垂直的な。

数ヵ月のち、まばゆい新雪の朝、
石狩河口に僕は立った。
道も、畑も、小屋たちも、地上にかける
人間の営為はなにもかも
雪に消されて、
かろやかな雪煙がはこんでいた、
潮の香のまじった巨大な無の体臭を。

遠くペルーの灼かれた砂丘にも、
ニューヨークの摩天楼の谷間にも、
人は再現できる、サロベツの原野を。
その気になれば
どこでも。
いつでも。

ナポリの落日

一羽の海鳥が
太陽のおもてに射放たれた！
するどい金属音を立ててそれは飛び、
たちまち、羽毛の火の粉をちらして
燃えて、砕けた。
しかも、そこから、なにかが飛ぶ、
飛びつづける。
見えない矢が。
するどく
天のふところへ吸いこまれてゆき――
一瞬、
声のない叫喚が
僕を砂浜へ打ち倒した。

見ろ、
太陽がおちる！
真逆様にころげおちる！
たちまち、待ちかまえた
波の牙にくいちらされ、

とめどもなく血は溢れて
ナポリの海を染める。
――おお、恐怖。
疑うべくもない事実のうえに現われた
幻覚の恐怖。

更科　源蔵（さらしな　げんぞう）

一九〇四〜一九八五

怒るオホーツク

暗憺たる空の叫びか
滅亡の民の悲しい喚声の余韻か
オホーツクの風
世界の果《モシリパ》の巨鳥は今も尚羽搏くのだ
民族とは何だ　種族とはと

海は風にのみググウーンと怒るのか
逆立つ牙は恥ずべき不徳の足跡を削ろうとするのか
非道の歴史を洗い去ろうとするのか
オホーツクの海
石器は滅び骨は朽ち
興亡の丘に蝦夷百合は乱れる

暴風雨《あらし》は遠い軍談《サゴロベ》を語り
敗北の酋長《オッテナ》が眠る森蔭の砦《チャシ》に
穴居の恋を伝えて咲く浜薔薇《はまなす》は赤く
濡れた海鳥の歌うのは何の挽歌だ
オホーツクは怒る

オロロン鳥

オロロンと
オロロンとなけば
岩も
もの言わぬ岩も
オロロンと答える
切岸の
岩棚の
歯の上に
生命あたため
海を見る
ウミガラス
ウミガラス

ふるさとは
岩の上
雨ふれば
雨にぬれ

陽が照れば
陽にやかれ
風ふけば
骨かれる

水平の
落日に
胸は燃え
海　昏れれば
胸しずみ

光をもとめ
南をしたい
たどりつく
この切岸に
ウミガラス
オロロンとなけば
海も
海も岩もオロロンと答える

山之口　貘（やまのくち　ばく）

一九〇三〜一九六三

耳と波上風景

ぼくはしばしば
波上《なんみん》の風景をおもい出すのだ
東支那海のあの藍色
藍色を見おろして
巨大な首を据えていた断崖
断崖のむこうの
慶良間島

芝生に岩かげにちらほらの
浴衣や芭蕉布の遊女達
ある日は竜舌蘭や阿旦など
それらの合間に
とおい水平線
くり舟と
山原船の
なつかしい海
沖縄人のおもい出さずにはいられない風景
ぼくは少年のころ
耳をわずらったのだが
あのころは波上に通って
泳いだりもぐったりしたからなのだ
いまでも風邪をひいたりすると
わんわん鳴り出す
おもい出の耳なのだ

島からの風

そんなわけでいまとなっては
生きていることが不思議なのだと
島からの客はそう言って
戦争当時の身の上の話を結んだ
ところで島はこのごろ
どんなふうなのだときくと
どんなふうもなにも
異民族の軍政下にある島なのだ
息を喘いでいることに変りはないのだが
とにかく物資は島に溢れていて
贅沢品でも日常の必需品でも
輸入品でもないものはないのであって
花や林檎やうなぎまでが
飛行機を乗り廻し
空から来るのだと言う
客はそこでポケットに手をいれたのだが
これはしかし沖縄の産だと
たばこを一個ぽんと寄越した

宮沢　賢治（みやざわ　けんじ）

一八九六〜一九三三

津軽海峡

夏の稀薄から却って玉髄の雲が凍える
亜鉛張りの浪は白光の水平線から続き
新らしく潮で洗ったチークの甲板の上を
みんなはぞろぞろ行ったり来たりする。
中学校の四年生のあのときの旅ならば
けむりは砒素鏡の影を波につくり
うしろへまっすぐに流れて行った。
今日はかもめが一疋も見えない。
（天候のためでなければ食物のため、
　じっさいベーリング海峡の氷は
　今年はまだみんな融け切らず
　寒流はぢきその辺まで来てゐるのだ。）
向ふの山が鼠いろに大へん沈んで暗いのに
水はあんまりまっ白に湛へ
小さな黒い漁船さへ動いてゐる。
（あんまり視野が明る過ぎる
　その中の一つのブラウン氏運動だ。）
いままではおまへたち尖ったパナマ帽や
硬い麦稈のぞろぞろデックを歩く仲間と
苹果を食ったり遺伝のはなしをしたりしたが
いつまでもそんなお付き合ひはしてゐられない。
さあいま帆綱はぴんと張り
波は深い伯林青に変り
岬の白い燈台には
うすれ日や微かな虹といっしょに
ほかの方処系統からの信号も下りてゐる。
どこで鳴る呼子の声だ、
私はいま心象の気圏の底、
津軽海峡を渡って行く。
船はかすかに左右にゆれ
鉛筆の影はすみやかに動き
日光は音なく注いでゐる。
それらの三羽のうみがらす
そのなき声は波にまぎれ
そのはゞたきはひかりに消され

（燈台はもう空の網でめちゃめちゃだ。）
向ふに黒く尖った尾と
滑らかに新らしいせなかの
波から弧をつくってあらはれるのは
水の中でものを考へるさかなだ
そんな錫いろの陰影の中
向ふの二等甲板に
浅黄服を着た船員は
たしかに少しわらってゐる
私の問を待ってゐるのだ。
いるかは黒くてぬるぬるしてゐる。
かもめがかなしく鳴きながらついて来る。
いるかは水からはねあがる
そのふざけた黒の円錐形
ひれは静止した手のやうに見える。
弧をつくって又潮水に落ちる
（きれいな上等の潮水だ。）
水にはひれば水をすべる
信号だの何だのみんなうそだ。
こんなたのしさうな船の旅もしたことなく
たゞ岩手県の花巻と

小石川の責善寮と
二つだけしか知らないで
どこかちがった処へ行ったおまへが
どんなに私にかなしいか。
「あれは鯨と同じです。けだものです。」

くるみ色に塗られた排気筒の
下に座って日に当ってゐると
私は印度の移民です。
船酔ひに青ざめた中学生は
も少し大きな学校に居る兄や
いとこに連れられてふらふら通り
私が眼をとぢるときは
にせもののピンクの通信が新らしく空から来る。
二等甲板の船艙の
つるつる光る白い壁に
黒いかつぎのカトリックの尼さんが
緑の円い瞳をそらに投げて
竹の編棒をつかってゐる。
それから水兵服の船員が
ブラスのてすりを拭いて来る。

小熊　秀雄（おぐま　ひでお）

一九〇一～一九四〇

黒い洋傘

争いもなく一日はすぎた
夜は雨の中を
黒いこうもり傘をさして街に出た
路の上の水の上を
瞬き走る街の光りもなまめかしく
足元の流れの中にちらちらする、

目標もなくただ熱心に雨の街をさまよう
哀れな自分を黒い洋傘の中にみつけた
しっかりと雨にぬれまいとして肩をすぼめ
とおくに強い視線をはなしながら
暗黒から幸福を探ろうとしたとき
瞬間の雨のなんという激しさ、

心の船はまだ沈まないのか
さからうもの、私の彼方にあるもの
お前波よ、私の船をもち運ぶだけで
お前は、遂に私を沈めることができなかった、
雨の日も、嵐の日も、晴れた日も、
私の船は、ただ熱心に漂泊する
私の心のさすらいは
いかなる相手も沈めることができない、
私の静かな呼吸よ、

地球に落ちてくる雨、
小さな心を防ぐ、大きな洋傘、
豪雨の中に
しばらくは茫然とたちつくして
私は雨の糸にとりかこまれた、
あたたかい肉体、
生きるものの、さまよう場所の
なんという無限の広さだろう
暗黒の空の背後には
星を実らした樹の林があるにちがいない
それを信じることは、私のもの
黒い洋傘の中は、私のもの。

中原　中也（なかはら　ちゅうや）

一九〇七〜一九三七

月夜の浜辺

月夜の晩に、ボタンが一つ
波打際に、落ちてゐた。

それを拾つて、役立てようと
僕は思つたわけでもないが
なぜだかそれを捨てるに忍びず
僕はそれを、袂《たもと》に入れた。

月夜の晩に、ボタンが一つ
波打際に、落ちてゐた。

それを拾つて、役立てようと
僕は思つたわけでもないが
　月に向つてそれは抛《はふ》れず
　浪に向つてそれは抛れず
僕はそれを、袂に入れた。

月夜の晩に、拾つたボタンは
指先に沁《し》み、心に沁みた。

月夜の晩に、拾つたボタンは
どうしてそれが、捨てられようか？

三好　達治（みよし　たつじ）

一九〇〇〜一九六四

砂の錨《いかり》

百の別離
百たびの百の別離の　百たびを重ねたのちに
赤つさびた双手錨《もろていかり》がごろりとここにねこんでゐる砂
　の上
こんな奴らのことだから　素つ裸さ
吹きつさらしの寒ざらしだ
それでもここの浜びさし　軒つぱには陽《ひ》がさして
物置きだから誰もゐない
そこらの海はうす濁つて　いづれ誰かの着ふるしさ
　よごれた波をうちあげる
忘れたじぶんにもう一ど　七つさがりの　袖《そで》たもと
……
ああもう何の用もない古い記憶をうちあげる波うち
　ぎは
俺はまたこんな世間のはづれまで何をたづねてきた
　だらう
世界ぢゆうはここからはずつとむかふの遙《はる》かの方で
電波塔よりなほ高く煙火《はなび》やなんぞ打上げてお祭気分
　でゐるらしい
それも昨日の　をとと日の　いい気なもんさ
三年前のふる新聞にもぎつしりの　その出来事で今
　日もまた
ぎつしり詰めのマッチ箱　よくよくそれを積み重ね
流れ作業でかきまはし……
だからそこらの煙突は休まず煙を吐《は》いてゐる
吐いてゐる
工場街はでこでこに積木の上にもう一つ　充実緊張
　傾きかかつたざまはない低姿勢だ
今日の夕陽の落ちかかる岬《みさき》の鼻までせり出して
時には汽笛《ふえ》もふくだらう
こんなところにやつてきて俺の見るものは
踵《かかと》のきれたぼろ靴が二足半ほど
そいつも煙を吐いてゐる　古ぼろ船が艫《とも》をそろへて

痩《や》せつこけたおふくろの　あすこの桟橋《さんばし》の下つ腹に
　かじりついてる
ああいぢらしいそんな家畜にせつせとブラシをかけ
　てゐる水夫たち
ポンポン・ルウジュの鼻唄《はなうた》まで
いちいち俺はていねいに眼がねでもつてのぞいてや
　つた
——たしか去年の春だつた
たしかにあれは夏のすゑ　いやもうそれは秋だつた
　そんな日なみに
倉庫のかげから飛んでゆく　白くほほけたタンポポ
　の　小さな綿毛の
ヘリコプターの飛んでゆくのを見たつけな
つかぬことまでもう一つ　ここにきて俺は思出した
思出した　つまりは　もう一度それを忘れた　きり
　もないこと
げにげに俺の見るものは　ここらあたりの見渡しは
づつしり重い風景で　そいつが俺を軽くする
ああ俺を　軽くする　重くする　重たくする
こいつに限るよ
どうだらう
夢のやうにも軽々と
づつしり重たく赤さびて　ああ俺自身肱《ひぢ》を張つて
遠い遠い別離のあと　こんなところでねこんでる
　砂の錨だ

村野　四郎（むらの　しろう）

一九〇一〜一九七五

さんたんたる鮟鱇

——へんな運命が私をみつめている　リルケ

顎を　むざんに引っかけられ
逆さに吊りさげられた
うすい膜の中の
くったりした死
これは　いかなるもののなれの果だ

見なれない手が寄ってきて
切りさいなみ　削りとり
だんだん稀薄になっていく　この実在
しまいには　うすい膜も切りさられ
もう　鮟鱇はどこにも無い
惨劇は終っている

なんにも残らない廂から
まだ　ぶら下っているのは
大きく曲った鉄の鉤だけだ

有限の海

銃創の痕は
かすかに存在物の匂がした
彼はこえをあげて
彼の位置をたしかめてみた

彼の前方
月日の目盛られたスケエルの遠方に
ぼんやりとした白い月が上る
そこから吹いてくる風に顔をむけると
風の中で
感覚は　かなしく渋《しぶ》いた
回想のごとく彼のうしろに群る群集

いま彼にゆるされるものは
ただ生存の可能性のみだ
ああ　かがやく有限の海の
かぎりない波のかずかずよ

彼はその中から
ときどき腐った魚をくわえるだろう
彼は孤独な鷗の
白さのように
現在を生きるだろう

竹中　郁（たけなか　いく）

一九〇四〜一九八二

海の旅

あんまり近くを通るので
撫でてやりたいやうな島、
ちよつと悪戯《いたづら》に帽子をかぶせてみたい島。
右や左の島、島、島。

あの藁屋根の下へ手をのばして
卒爾ながら莨の火を借りたいやうな島。

首里少女

光る枝、
光る木の葉、
光る赤屋根。

かなた
白い波さわぐ珊瑚礁、
豚の血に染められた帆、帆、
とほく慶良間《けらま》群島。

首里陽春。
髪ゆたかな娘の項《うなじ》に
うごくともない天とう虫。

近況

うすねずいろの空の下
沖をゆく船
白い横腹に没《い》り日をいっぱいうけて
どこへゆく

海峡をぬけるのか
島のみなとが目あてなのか
遠洋へさすらいにか
朽ち葉いろのマストを少し傾けて
小首をかしげてゆく後ろ姿

船脚は　まあ　そこそこだが
荷や客は　積んでいそうもない
あれはこのおれか
おれが吐きだした　おれのかけらか

萩原　朔太郎（はぎわら　さくたろう）

一八八六〜一九四二

海豹

わたしは遠い田舎の方から
海豹《あざらし》のやうに来たものです。
わたしの国では麦が実り
田畑《たはた》がいちめんにつながつてゐる。
どこをほつつき歩いたところで
猫の子いつぴき居るのでない
ひようひようといふ風にふかれて
野山で口笛を吹いてる私だ。
なんたる哀せつの生活だらう。
撫《ぶな》や楡《にれ》の木にも別れをつげ
それから毛布に荷物をくるんで
わたしはぼんやりと出かけてきた。

うすく桜の花の咲くころ
都会の白つぽい街路の上を
わたしの人力車が走つて行く。
さうしてパノラマ館の塔の上には
ぺんぺんとする小旗を掲げ
円頂塔《どうむ》や煙突の屋根をこえて
さうめいに晴れた青空をみた。

ああ　人生はどこを向いても
いちめんに麦のながれるやうで
遠く田舎のさびしさがつづいてゐる。
どこにもこれといふ仕事がなく
つかれた無職者《むしよくもの》のひもじさから
きたない公園のベンチに坐つて
わたしは海豹《あざらし》のやうに嘆息した。

室生　犀星（むろう　さいせい）

一八八九〜一九六二

人家の岸辺《きしべ》

己《おのれ》は思ふ
冬の山々から走つて出る寒い流れが
海を指して休む間もなく
我々の住む人家の岸べを洗つて過ぎるのを思ふ。
人家の岸べに沿うて瓦《かはら》やブリキや紙屑《かみくづ》が絶えず流れてゆく。

海はかれらを遥《はる》か遠くに搬《はこ》ぶであらう、
波は知らぬ異境に瓦やブリキを打ちあげて行くだらう、
そこにも人は住んで岸べにむらがり
瓦やブリキを拾ひ上げ打眺《うちなが》めるであらう、
我々の現世と生活は解かれ記《しる》されるであらう、

その波はまた我々の人家に捲《ま》き返し烟《けむ》れる波を上げ
遥かに戻り来るものの新鮮さで
我々を呼びさますであらう。
我々は答へるであらう。
そして彼等の言葉であるところのものを、
朝日の耀《かがや》く岸辺に佇《たたず》み読むだらう。

島田　利夫（しまだ　としお）

一九二九〜一九五七

八月抒情

果てしもなく拡がる泥土
打ち抜かれた青天
残忍な鍬《くわ》の下に
青空の破片を埋めようとする

野菜は怒りをこめて
るいるいと野を囲む
鋭ぎすまされた鍬の先
その上に流れてやまぬ
八月の言葉の海よ

外来者の歌

季節は
去りながら
粛々《しゅくしゅく》と灰を降らした

凍った蛾は
光りながら
北に牽《ひ》かれた

今徒労は
馬車のように美しく
四辻に
人と空の接するあたり
わずかに鐘をならした

ああめぐる　周期
その先の
十月の岬

大島　博光（おおしま　はっこう）

一九一〇〜二〇〇六

いきどおろしい春

——一九五四年の

おお　またしても　いきどおろしい春
何も知らずに働く　漁師たちのうえに
だれのものでもない海のうえ　島々のうえに
おそろしい灰が降る　雨が降る

海の太陽に　染められた
赤銅いろの肌は灼かれ　髪は抜けおち
清められることのない　二十三人の血
獲ものは毒まぐろ　地に埋められた

汚されたおとめたちだけでは足りぬのだ
七〇〇の基地だけでは足りぬというのだ

放射能の降る空よ　海よ　大地よ
みたび　ガンマー線で灼かれ
モルモットにあしらわれ　あなどられ
おお　毒されたわたしたちの祖国よ　血よ

日塔　聡（にっとう　さとし）

一九一九～一九八二

オホーツク海

眼の前に指を伸ばして
指尖に海光をとめて
がらん洞の空間に
円を描きさえすればいい
すると　たちまち
私の孤独は完結する

どこまで行つても海岸草の群落
伸び切らない玫瑰《はまなす》の赤い実の群れ
素枯れてかさかさ音たてる野菊の花
花園は一枚の乾いたパレットのようだ
黒い海がふと崩れて
白い裾をひらめかす

だあれも居ないオホーツクの海辺なのに
何も彼もが私を攻めて来る

私はひたすら逃げる
そして私自身のなかに隠れようとする
それを追いかけて
真白い貝殻の山の照り返しが
きらつと私を引き裂いた
誰かが食つてすてたのだ
人里が近いと　一人の私は
通り過ぎてはじめて慄然とする
死の至福の中へ引き返していつた
もう一人の私は　恐るおそる
人のいる風景のなかに辷り込む

まあるく盛り上つた海に向き合い
陽だまりに足を投げ出して
ゆつくり私は言い聞かせた
そうだ　私よ
お前はお前の眼の前に
決して円周を完結させるな　と

海明け

耳鳴りのような
レールに耳をつけて
まだ来ぬ汽車の音を聞くような
春の訪れをきいている
女体の物言わぬ部分に耳をつけて
創生の音を聴くような
はじらいがちな汐騒が近づいて来る

（でも実は何の音もしないのだ
　夜だけが更けてゆく――）

流氷のどこかに裂け目が走り
やがてそれが小さな湖となり
べた一面黒い海に拡がり
波は微風にのせて
誕生の歓喜をささやく

（でも実は何の音もしないのだ
　夜だけが更けてゆく――）

青い魚族は眼ざめたろうか
浜の日溜りから春寒の海へ
蟹の籠網はいつ曳きおろされるだろうか
でもほんとの春はずつと遠い岬の鼻の
海底になだれた岩盤の
小さな踊り場に爪先立つて
やつと生れたばかりなのだ

伊東　廉（いとう　れん）

一九二二〜二〇〇四

襟裳岬

視野が突然
碧い深みに墜ちる
荒海を突き刺している岬から
君の瞳は展けてくる
背後だけに
鋭い細いひとの息吹きを感じて
眼前も横も
そう
それらに連なる空も
住みなれた広さと
青い印象を崩し去り
突端に伏した
ぼくのこころまで碧く流れ込む

断崖が海を二つに切って伸びるのは
灯のように
一点を指さす南の方位
君は髪を背後に飛ばして
両手を拡げて海に向って立つ
君の素肌を匂わせる
白い燈台
君が胸をふくらませて断崖に立つと
青い海は
ぼくの腕からすりぬけて
君の瞳孔の中へすいこまれる

飛沫に濡れている瞳の中で海は流れ
ぼくは空を支えて
君の内部におり立つ
強い風の中で君は激しく顔を海に向け
岬は鋭く天も截り
海は一瞬空まで拡がり
断崖はぼくをのこして
杳く歯のように光り出す

一つの秋

ぼくの瞳の深みから
冷たい運河が傷ついた意志を運び
孤独な鏡の底に静かに沈める
すくい上げようとするぼくの
動けなくなった細い胸を
どこかの海が
名も告げずに
妖しい鉛色に発光して流れていく
鋭くそがれていく日陰は
黒い過去を
秘密色の風の中に屈折させて崩れ
雲を吐きつづけて
重なりあう窓々は
渇きにたかぶりながら
鋭角の空をたたみこむ
ぼくは
ちぢれた落日に向い
凶器のように旅情を截り
違った質量へ傾いていく風景の中では
放心した形の秋が
たれさがる

島田　陽子（しまだ　ようこ）

一九二九〜二〇一一

潮の道

白い灯台のある岬に立つと
海の色が左右ちがうのがわかる
潮の道がここで別れたのだ
一方は湾の奥深くへ進み
一方はそのまま太平洋を北上していく
藍の色を濃くしながら
こんな風に
わたしも選びとってきたのだろうか
血の色を濃くする道を

もしもあのとき……
選ばなかった道の果てを想うことがある
よくあんな無鉄砲なことを……

いまになって背筋の冷たくなることがある
ずれ落ちていくことば
闇に吸われることばを見捨てて
生きています
大丈夫です
何かにつき動かされていた
それだけが信じられると思いこんでいた若さ
いや　いまも同じかもしれない
——わたしはわたし
血の色を濃くしながら進んでいるが
どこへ行くつもりなのか

セイウチ

島にあがった　セイウチが
船の汽笛で　海を見た
みんなそろって　海を見た

かぞえきれない　セイウチの
キバもいっしょに　海を見た
ハの字　ハの字で　海を見た

からだ寄せあい　セイウチは
キバのないのも　海を見た
同じ顔して　海を見た

進 一男（すすむ　かずお）

一九二六～二〇一五

とんばら――わが祈念

しまの　もらんきゃ　しまのこと　おもわず
しまの　ねせんきゃ　しまに　かえらず
しまの　としかたゃ　はま　おりる

かがやくけれども
かがやく海でなく
しずかだけれども
しずかな海でなく
ひろがるけれども
ひろがる海でない
海のとおい時間の
水平の祈り

動くな
そこを動くな
石を抱いて
そこを動くな
侵されないために
そこを動くな
動かないで
王となり
沈黙して
そこに
すわれ
おまえに沈黙がないなら
おまえに言葉はないだろう

しまの　もらんきゃ　しまのこと　おもわず
しまの　ねせんきゃ　しまに　かえらず
しまの　としかたゃ　はま　おりて

＊とんばら――奄美大島の北端、海に立つ岩の呼称
しまの――島の

もらんきゃ――娘たち
ねせんきゃ――青年たち
としかたゃ――老人たちは
はま　おりる――海岸に出て行く。

風に――わが回帰

モクマオウを越えて
鳴る風がある
それは　アマ　アンマ
遠い日の島よ
今は崩壊の時
あなたのなかに深く帰れ

＊アマ――海（古語）ここでは〝アンマ〟の意を込めて使用
アンマ――母（方言）

ミイニシ

島では
初冬に吹く北風をミイニシと云う
ミイニシが吹くと
島はわびしくなる
海辺に立って
君はミイニシの中で埋没する
昔は――
などと思い浮かべても詮ないこと
ただひたすら
ミイニシに埋没して
それでもなお生きるしかないと
この頃君は思う

石垣　りん（いしがき　りん）

一九二〇〜二〇〇四

海辺

ふるさとは
海を蒲団《ふとん》のように着ていた。
波打ち際《ぎわ》から顔を出して
女と男が寝ていた。

ふとんは静かに村の姿をつつみ
村をいこわせ
あるときは激しく波立ち乱れた。

村は海から起きてきた。

小高い山に登ると
海の裾《すそ》は入江の外にひろがり
またその向こうにつづき
巨大な一枚のふとんが
人の暮しをおし包んでいるのが見えた。

村があり
町があり
都がある
と地図に書かれていたが、

ふとんの衿《えり》から
顔を出しているのは
みんな男と女のふたつだけだった。

相馬　大（そうま　だい）

一九二六〜二〇一一

眼玉

海という　海の
入江の葦は　枯れ
冬日に　さらされていた

入江の口から　吹いてくる　風たちは
ぎょろりと　光る眼玉を
幾百万となく　運んでくる

眼玉は　眼玉と　ぶつかって
ぶきみな　音を　立てて沈み
赤い血の　ついている眼玉
青みどろの　ついている眼玉
なにかを　みつづけてきた眼玉

眼玉は　眼玉たちと　ぶつかって沈む
眼玉は　もはや　見ることの　ほかには
かなしみにさえ
涙を流すことも　しないで
ひかっている
眼玉は　波にかぶさって　沈み
眼玉たちに　ぶつかって　きらめき
もんどり　うって
海底　ふかく　沈んでゆく

眼玉は　入江の
葦の　あいだにも
波の　あいだにも
ぎょろり　ぎょろり　光っては沈み
波の　たおれるときにも　見え
どんどん　ぶきみな　眼玉は
国の入江の　奥ふかくへ　運ばれてくる

木島　始（きじま　はじめ）
一九二八～二〇〇四

果しない波を渡るための歌

雪どけの谷間　水の流れは美しい
だが　どうして水は流れてゆくか
流れる水のしたに岩があり
流れる思いを動かす出来事がある

溶けた雪のした　泥のなか

たしかにあなたの足は踏みしめたのだ
その岩を　あの出来事で
果しない波をわたりつくして兄弟がある*
ものの溢れる底に何があるか

時の壁をつらぬきとおし
歌のひかりで映してみよう
あなたの足が踏みしめた跡を

ビル立ちならぶ底に何があるか
忘れてならぬ出来事つたえ
歌のちからで憶えていこう
あなたの足どりを　波また波をわたるため

果しない波をわたりつくして兄弟がある

*魯迅が日本人に向けて書いた七言絶句「三義塔に題す」の結句「度盡劫波兄弟在」を和訳したものである。

カンタータ「脱出」（林光作曲）より

執筆者プロフィール

執筆者プロフィール（五十音順）

秋野 かよ子（あきの かよこ） 64ページ
和歌山県在住。聴覚言語センター及び障害児学校（ろう学校）勤務経験。言語・聴能・手話・国語表現・美術など。重度重複児者を主として担当した。障害者福祉・医療・地域演劇に関わる。詩集『細胞のつぶやき』など計三冊。

浅見 洋子（あさみ ようこ） 122ページ
一九四九年生まれ。和洋女子大学卒。詩集『歩道橋』（けやき書房）、詩集『交差点』（けやき書房）、詩集『隅田川の堤』（けやき書房）、詩画集『母さんの海』（世論時報社）、詩集『マサヒロ兄さん』（けやき書房）、詩集『もぎ取られた青春』（花伝社）、詩集『水俣のこころ』（花伝社）、詩集『独りぽっちの人生《せいかつ》』（コールサック社）、叙事詩『独りぽっちの人生』（文芸社）。

中島 省吾（あたるしま しょうご） 184ページ
一九八一年生まれ。新聞の広告モデルなど経験。一九九九年「ＰＨＰ」十、十一月号、青木はるみ選で詩「いのち」が佳作。二〇〇三年、詩「Ｉ ＬＯＶＥ ＹＯＵの景色」が愛知出版主催「即興詩人大賞」の月間大賞。関西詩人協会、ＰＯの会会員。星湖舎「星と泉」に連載中。

有馬 敲（ありま たかし） 88ページ
一九三一年京都府生まれ。大学在学中に「同志社文学」発行。一九六八年ごろから自作詩朗読を全国的に始め、オーラル派と呼ばれた。主著『有馬敲全詩集』、著作集『有馬敲集』全二十五巻。詩は国語教科書や教材に使用されているほか、高田渡がうたう「値上げ」などがある。スペインの第五回アトランチダ賞、平成二十五年度京都市芸術振興賞ほか受賞。

石川 啓（いしかわ けい） 180ページ
北海道北見市在住。北海道詩人協会所属。北見創作協会所属。

板屋 雅子（いたや まさこ） 168ページ
一九五七年、北海道東南、太平洋沿いの浜中町の内陸部茶内で出生。幼い頃から病弱で両親に心配をかける。隣町の道立厚岸潮見高等学校に通学、それが海との対話の始まりとなる。詩の中の海はほとんどが厚岸の海。次いで札幌の藤女子短期大学国文科へ進学、卒業後帰郷。二十一歳から約三十八年間浜中町役場に勤務、この春退職。

井上 摩耶（いのうえ まや） 192ページ
一九七六年横浜で生れる。高校で渡米、帰国後二〇〇三年ミッドナイトプレスから「Look at me―たとえばな詩―」を発表。二〇一〇年同社より「レイルーナーはかない愛のたとえばな詩―」を刊行。後、コールサック社より「闇の炎」を二〇一六年に刊行。アンソロジー等にも参加、「コールサック」にも詩を掲載中。

上村 多恵子（うえむら たえこ） 130ページ
京都生まれ、甲南大学文学部卒。詩・エッセイ・伝記の著作がある。大学で文学・経営学を教える一方会社も経営する。日本ペンクラブ、日本国際詩人協会、現代京都詩話会に所属。著書『鏡には映らなかった』（土曜美術社）、『To A Vanishing Point』（二〇一二）、『To A Serendipity Muse』（二〇一三）、他多数。日本国際詩人協会優秀賞（二〇一二）、ストルーガ詩祭招待参加（二〇一二、二〇一三）、コモ詩祭招待参加（二〇一五）。

宇宿 一成（うすき かずなり） 72ページ
一九六一年鹿児島生れ。日本現代詩人会、詩人会議、日本詩人クラブ。詩集『透ける石』『固い薔薇』など。詩誌「詩創」「刺虫」「天秤宮」。

勝嶋 啓太（かつしま けいた） 76ページ
一九七一年東京都杉並区高円寺生まれ。詩誌「潮流詩派」「コールサック」「腹の虫」を中心に作品を発表。詩集『カツシマの《シマ》はやまへんにとりの《嶋》です』（潮流出版社）、『来々軒はどこですか？』（潮流出版社）、『異界だったり現実だったり』（コールサック社、原詩夏至氏と共著）。日本詩人クラブ会員。

神月 ＲＯＩ（かむづき ろい） 114ページ
一九七七年生まれ。蠍座。Ａ型。画家、作家、モデルなど、マルチクリエイター。【33人合同エッセイ集それぞれの道】に参加。【平和をとわに心に刻む】アンソロジーに参加。【海の詩集】アンソロジーに参加。コールサック季刊誌82号から詩人として連載開始。Facebookに生息しています。

かわかみ まさと 126ページ
一九五二年、沖縄県宮古島市生まれ。一九七七年、金沢大学医学部卒。医学博士。現在、医療法人社団喜生会新富士病院院長。詩集『宇宙語んんん』（二〇〇七年）第11回平良好児賞受賞。詩集『水のチャンプルー』（二〇一二年）第三回日本文学館出版大賞特別賞。詩集『与那覇湾―ふたたびの海よ―』（二〇一四年）第三十七回山之口貘賞受賞。季刊詩誌「あすら」同人。

神原 良（かんばら りょう） 48ページ
詩集『オタモイ海岸』『ある兄妹へのレクイエム』『Ｘ（イクス）』『オスロは雨』『小樽運河』『迷宮図法』『彼—死と希望』『アンモナイトの眼』。

國中 治（くになか おさむ） 28ページ
子供の時は動物園の飼育係か画家か作家になりたかった。大学は色々なことができそうな早稲田の政治学科を選んだが、理論と現実の乖離に悩み、東京都立大学大学院では専攻を日本近代文学に変えた。現在も大谷大学で文学を学んだり教えたりしている。悩みは文学の必需品だから、悩みが深まると勉強が捗ったようで嬉しくなる。

こまつ かん 142ページ
一九五二年長野県生まれ。山梨県南アルプス市に暮らす。日本詩人クラブ、日本現代詩人会、詩人会議各会員。日本現代詩歌文学館振興会評議員。『龍』『見上げない人々』『ことのは』『こまつかん詩集』『今は幸せかい?』『官能五行歌・影法師』『てのひら・三幕』『養生気功の基礎』など。他に共同執筆での出版多数。

坂本 孝一（さかもと こういち） 172ページ
一九四三年七月二五日、満州・四平省海滝県梅河口生まれ。一九六五年九月、詩誌「僕らのああ」創刊（十五号まで発刊）。一九七一年、詩集『亡命記』（パンと薔薇の会）。二〇〇三年、詩集『古里珊内村へ』（緑鯨社・北海道詩人協会賞受賞）。二〇〇六年、詩集『鳥の玉を繋いで』（緑鯨社）。二〇〇七年、詩集『十九月の吊り橋』（緑鯨社）。北海道詩人協会、日本詩人クラブ、日本現代詩人会所属。詩誌「小樽詩話会」「極光」「蒐」。

佐相 憲一（さそう けんいち） 212ページ
一九六八年、横浜生まれ。早稲田大学政治経済学部卒。京都、大阪などを経て東京在住。詩集『愛、ゴマフアザラ詩』（小熊秀雄賞）、『森の波音』など計八冊。詩論集『21世紀の詩想の港』。エッセイ集『バラードの時間―この世界には詩がある』。編著多数。全国のさまざまな詩の場に関わっている。

里中 智沙（さとなか ちさ） 176ページ
愛知県在住。詩集『鏡界から』『夢の浮橋、わたる』『手童（たわらは）のごと』。九四年より個人誌「獅子座」を不定期発行中。現在二十三号まで来ました。古典と現代を行き交うような作品を書けたら… と思っています。

洲 史（しま ふみひと） 56ページ
一九五一年十二月二十二日に新潟県東頸城郡安塚町に生まれ育つ。十八才から千葉市、二十二才から現在まで横浜市で暮らす。一九七一年四月から法政大学第二文学部日本文学科に学ぶ。学校事務職員（公務員）として働きながら教職員組合運動に力を注ぐ。詩人会議、松田さんを支える会、学校事務職員制度研究会、横浜詩人会議等に参加。詩集『学校の事務室にはアリスがいる』『小鳥の羽ばたき』。

末松 努（すえまつ つとむ） 196ページ
一九七三年、福岡県生まれ。海の詩を初めて書いたのは二十歳頃だった。
「海」
海は／大きく／のみこまれそうで／じっと見ていられない／でも／波になって／海岸線にあらわれるときは／とても優しい
海が恐くとも、波には触れたくなるやさしさがあると思う。

鈴木 比佐雄（すずき ひさお） 102ページ
一九五四年東京都荒川区生まれ。祖父や父は石炭屋を営んでいた。一九八七年に宮沢賢治のような詩人達の詩を「石炭袋」に溢れさせようと、詩誌「コールサック（石炭袋）」を創刊。二〇〇六年に出版社として㈱コールサック社を設立して現在十周年を迎える。著書：『鈴木比佐雄詩選集一三三篇』、詩論集『福島・東北の詩的想像力』など。日本・韓国・中国 国際同人誌「モンスーン」同人。

曽我 貢誠（そが こうせい） 106ページ
日本現代詩人会、日本詩人クラブ、日本ペンクラブ会員。詩集『学校は飯を喰うところ』『都会の時代』。詩誌「トンボ」「詩樹」同人。

武西 良和（たけにし よしかず） 68ページ
一九四七年　和歌山県海草郡美里町（現　紀美野町）生まれ。学生時代は五千メートル長距離走者。現在、紀美野町高畑で山を開墾して一から畑をつくり、ハッサクやはるみ、甘夏、スモモ、柿などの果樹や野菜を育てている。一方、万葉集を読み続けている。日本語を一から考えたい。最近の主な詩集は『プロフェッショナル』『遠い山の呼び声』、詩文集『ぼくとわたしの詩の学校』など。

田中 健太郎（たなか けんたろう） 160ページ

一九六三年生まれ。一九八四年、詩集『満潮時』（備後圏企画）。一九九一年、詩集『灰色の父』（銀河書房）。二〇〇七年、詩集『深海探索艇』（木偶詩社）。二〇一三年、詩集『犬釘』（思潮社）。

堤 寛治（つつみ かんじ） 52ページ

一九三四年四月十日、釧路市大楽毛生まれ。七六年三月、佛教大学文学部仏教学科浄土教学専攻卒業。五三年四月～九五年三月、釧路管内公立中学校教諭。五六年十一月、詩誌「かばりあ」創刊同人。著作など。九三年、『花の断章』刊（釧路文学賞受賞）。二〇一三年、『宮沢賢治への小道』刊。一五年十月、『狼狽あるいは怯え』刊（更科源蔵文学賞受賞）。

永井 ますみ（ながい ますみ） 80ページ

一九四八年鳥取県に生まれる。神戸市在住。詩誌「リヴィエール」同人、「現代詩神戸」編集担当。既刊詩集『風の中で』『街』『コスモスの森』『うたって』『時の本棚』『はなさか』『ヨシダさんの夜』『弥生の昔の物語』『短詩抄』『愛のかたち』『永井ますみ詩集 新・日本現代詩文庫110』の詩集を持っている。最近は朗読ビデオ採録と編集でウロウロしている。

中道 侶陽（なかみち ろう） 84ページ

浜松市在住、早くここを出たいです。美しいものをひたすらに探していますが、未だ見付けられず。僕にこれ以上何も見せないで下さい。

苗村 吉昭（なむら よしあき） 40ページ
一九六七年生まれ。滋賀県在住。森哲弥との二人誌「砕氷船」編集発行人。日本・韓国・中国 国際同人誌「モンスーン」同人。詩集に『バース』、『オーブの河』、『夢中夢』、エッセイ集『文学の扉・詩の扉』、評論集『民衆詩派ルネッサンス』などがある。現在、中小企業支援機関勤務の傍ら大阪文学学校通信教育部講師も務めている。

なんどう 照子（なんどう てるこ） 94ページ
一九五一年、大阪に生まれる。医療、介護現場などで看護師として働く。大阪文学学校で詩の講座で学ぶ。二〇一〇年十月、第一詩集『夜の洪水』（私家版）。

音月 あき子（ねづき あきこ） 188ページ
岩手県在住。詩誌『コールサック』に参加。内に秘めた、情景や想いを詩にしています。詩を創る事で新たな自分を見つけ、向き合いながら生きています。ときどき闇の詩も書きたくなり、没頭するのですが、入り込み過ぎて体調が悪くなるのが悩みです。皆様にほんの少しでも何かを感じて頂けるような作品を創ってゆきたいです。

羽島 貝（はじま かい） 156ページ
一九七三年東京生まれ。詩集『鉛の心臓』。主に詩誌「コールサック」、およびブログ「詩の商人の歌う唄◎http://shinoshounin.blog.fc2.com/」にて活動中。

原 詩夏至（はら しげし） 60ページ
一九六四年東京生まれ。幼少年期を父の故郷である和歌山県和歌山市加太で過しました。加太は県最西北端の海水浴場を兼ねた漁師町。病弱で孤独な子供でしたが、それでも海は目の前に、隣に、背景に、いつでもありました。アルバムには、男の子なのに何故か女の子の水着を着せられた遠い日の私が、今も怪訝そうにこちらを見ています。

原子 修（はらこ おさむ） 150ページ
一九三二年一一月一三日函館市生まれ。詩集『鳥影』（北海道詩人賞）、『未来からの銃声』（日本詩人クラブ賞）、『受苦の木』（現代ポイエーシス賞）、『叙事詩原郷創造』（北海道新聞文学賞）他。詩論書『〈現代詩〉の条件』。詩劇多数を国内外で公演。日本現代詩人会員、日本文芸家協会員、詩誌「極光」主宰。札幌大学名誉教授。小樽市在住。

日野 笙子（ひの しょうこ） 44ページ
札幌市在住。文芸誌「開かれた部屋」「がいこつ亭」、創作シナリオ「雪国」参加同人。近年、「コールサック」など詩誌へ投稿。

藤本 敦子（ふじもと あつこ） 32ページ
海の近くで誕まれ、老年になって海の近くに小さな住まいを持ちました。外出から帰り海を見ると、ほっとします。既刊詩集『まひる』『体温』『風のなかをひとり』『受けとった雲』。日本現代詩人会会員、「花筏」同人。

星野 博（ほしの ひろし） 204ページ
一九六三年生まれ。東京在住。二〇一五年第一詩集『線の彼方』刊行。「コールサック」誌、アンソロジー詩集『SNSの詩の風41』、エッセイアンソロジー『それぞれの道～33のドラマ』に参加。

道輪 拓弥（みちわ たくや） 146ページ
千葉に住んでいたころ、房総の九十九里、大原によく遊びに行っていた。海辺にむかって歩いていて風景の一角に海の青い色がわずかにのぞき海と共にすごす時間の扉がひらく。一九五七年、世田谷に生まれる。詩誌「かおす」所属。詩集『ひとりごと』。

光冨 郁埜（みつとみ いくや） 36ページ
日本現代詩人会、日本詩人クラブ、横浜詩人会各会員。文芸誌「狼」編集発行人、ネットの詩と批評の投稿掲示板「文学極道」発起人。著書『サイレント・ブルー』（土曜美術社出版販売）第三十三回横浜詩人会賞受賞（二〇〇一）、『バード・シリーズ』（新装版・選集）、詩集『豺（ヤマイヌ）』他。

宮川 達二（みやかわ たつじ） 110ページ
一九五一年北海道富良野市生まれ。詩人、エッセイスト、文芸評論家。慶応義塾大学卒。二〇一四年九月『海を越える翼—詩人小熊秀雄論』（コールサック社）刊。近年、旭川の文学資料館、小熊秀雄賞の講座、東京で開催される「長長忌」で小熊秀雄に関する講演などを行なう。詩誌「コールサック」にエッセイ、詩を連載中。旭川市在住。

柳沢 さつき（やなぎさわ さつき） 134ページ
昭和八年誕生。二十八年、詩誌「かおす」創刊。現在百四十号。この間に『信州詩壇回顧』、『長野県現代詩史』を出版。平成十四年より二年間「長野県詩人協会」会長。詩集『石を蹴る』、『ポポフはいるか』。他に総合文芸誌「安曇野文芸」、詩誌「すうべにいる」にもかかわりつつ、老々介護の日々を継続中。信州安曇野在住。

結城 文（ゆうき あや） 138ページ
歌人、詩人、翻訳者。日本歌人クラブ発行「タンカ・ジャーナル」編集長。日本詩人クラブ、日本ペンクラブ（電子文藝館委員）、日本比較文学会、Emily Dickinson 学会、国際啄木学会に所属。Poems of the World（USA）会員。歌集（7）、詩集（4）、エッセイ（1）、訳書：『結城文バイリンガル詩歌集抄』他。共訳書：『原爆詩一八一人集』他。

吉田 慶子（よしだ けいこ） 118ページ
一九四二年、秋田県大仙市生まれ。小学校教員を三〇年務めた後に詩を書き始める。秋田県現代詩人協会副会長。詩集に『詩語り かた雪こんこん』『詩語り 降れば降ったように』。「北の詩手紙」「海図」同人。秋田市在住。

若松 丈太郎（わかまつ じょうたろう） 98ページ
一九三五年生まれ。勿来の関の南で暮らしたことがない根っからの夷狄。二十歳ごろから詩を書きはじめて六十年あまり、しぶとくいまもつづけている。

近刊に『若松丈太郎詩選集一三〇篇』とその後の詩集『わが大地よ、ああ』がある。本集には『北緯37度25分の風とカナリア』からの二篇と新作を選んだ。

若宮 明彦（わかみや あきひこ） 208ページ
（本名 鈴木明彦） 北海道教育大学札幌校教授。理学博士。専門は地質学・古生物学。北海道大学大学院理学研究科博士課程修了。漂着物学会編集委員長（二〇一〇年～）。詩集『掌の中の小石』、『貝殻幻想』、『海のエスキス』、詩論集『北方抒情』。北海道詩人協会賞（一九九八年）、札幌文化奨励賞（二〇一二年）受賞。

和田 文雄（わだ ふみお） 200ページ
海は生命を産み進化させた〝ふるさと〟である。そこは渚と呼ばれる陸《くが》と接点から数千メートルの深さまで〝海〟という海である。収録してもらったものは、その海と陸の生きものたちの墓処《はかどころ》である。世の中の心配性の人は、両の生きものは共生（棲）できるか心配する。そこで冷凍壁などをつくる。そんなものすべてご破算にしなくてはと思う。

渡辺 宗子（わたなべ そうこ） 164ページ
一九三四年、福岡市生まれ、札幌市在住。一九九二年より個人詩誌「弦」発刊。北海道詩人協会・日本現代詩人会・日本詩人クラブ所属。詩集『ああ蠣がいっぱい』『水の巣』『水篭』『麦笛のかなた』。

あとがき

あとがき

若宮　明彦

よく耳にする言葉に〈母なる海〉というものがあります。ではなぜ海は母にたとえられるのでしょうか。海には母のような包容力があるからでしょうか、それとも私たちに豊かな恵みを与えてくれるからでしょうか。あるいは私たちの体液の組成が海とほぼ同じで、それゆえに私たちの体に中には〈小さな海〉が存在しているからでしょうか。また、漢字の〈海〉を見ると、その中には〈母〉という字が隠れています。さらにフランス語では、〈海＝la mer〉と〈母＝la mere〉は、ともに〈ラ・メール〉と発音されるそうです。

このように様々な理由があるにせよ、人々が海に限りない母性を感じるのは、何といっても海が生命を生み、これを永きにわたって育んできたからではないでしょうか。四十億年前に原始の海が出現し、三十八億年前に最初の生命が誕生して以来、生物が進化をくり返すメインステージは常に海だったのです。四億年前にようやく海から陸に生物が進出して、陸上でも生物進化が始まりました。しかし、四十六億年にさかのぼる地球の歴史を振り返れば、陸上での進化は最近の出来事といえるでしょう。

昨今の生物科学の急速な進展によって、複雑な生物また単純な生物を問わず、地球上に存在するあらゆる生物が意外なほどに類似した遺伝子構成を持っていることが明らかになってきました。これは地球上の生物がいずれもひとつのルーツを共有している可能性を示唆するものです。つまり、原始の海で生まれた最初の生命から私たち〈人類＝*Homo sapiens*〉に至るまで、ずっと一本の〈生命の糸〉でつながっているのかもしれないのです。それゆえに私たちは、生命の源である海に対して、飽くことなきノスタルジーを抱くのではないでしょうか。

多種多様の生物が生息する海は、地球上で最大の生命圏です。生物はこの生命圏の中で、食ったり食われたり、競ったり助け合ったりして、密接な相互関係を保ち、海の生態系を維持しているのです。しかし、三十八億年の生命の歴史の中で、現在も海に子孫が残っているものはわずかにすぎません。私たちの想像を超える多くの生物が、海で誕生し繁栄しやがて絶滅していったことは、世界中から見つかる化石の記録に明確に残されています。現在私たちが海の中に見ることができるのは、厳しい環境変化を生き延びた限られた生物なのです。地球が存続する限り、今後も海の中では、新しい生物の出現と絶滅の歴史が繰り返されてゆくことでしょう。まさしく海は、生物の進化と変遷を育んでゆく〈生命のゆりかご〉なのです。

私は海のない岐阜県の出身ですが、子どもの頃からずっと海にあこがれていました。やがて海洋生物の化石や海辺に流れ着く漂着物の研究者となり、あこがれの海は私にとって必須のフィールドとなりました。北海道における二十五年の研究生活で、四十七都道府県の海岸で調査研究を行い、現在は沖縄や奄美に通って、打ち上げ貝からみた海の生物多様性を調べています。

フィールドで過ごす機会が多い私にとって、海は詩のインスピレーションの場でもあります。潮風に打たれ、波しぶきをまとい、波の音に包まれていると、新たな異空間に誘われたような不思議な感覚を感じることもあります。そのような時に生まれる詩があるとすれば、それはまさに〈海からの便り〉といえるものなのでしょう。

魅惑にあふれた海は、古今東西の詩人によって、様々な側面から描かれてきました。雑誌などで海の詩の特集を見た記憶はありますが、海の詩だけを集めたアンソロジーには出会ったことがありませんでした。いつかそんなアンソロジーを編んでみたいと思っていました。今回、海を愛する詩人でもある佐相憲一さんとこのような仕事をご一緒する機会を得て、大変うれしく思っています。海の生物にもまだ見ぬ多様性があるように、海の詩にもやはり豊かな多様性があるのです。海のアンソロジー『海の詩集』において、海底にたたずむ真珠のような珠玉の作品を楽しんでいただけたら幸いです。

あとがき

佐相　憲一

現役四十六名、物故二十三名、合計六十九名の作品群による『海の詩集』、いかがでしたか。

現代詩における〈海〉の研究につながればいいですし、これまで詩というものにあまり縁のなかった方々がこの詩集を手にされて、海への関心を通じて詩というもの自体への興味ももっていただけるならありがたいです。

海、と言っても、正面から大きな海をとりあげて書くほかに、海に関するさまざまな事物に焦点を当てて書かれていたり、比喩など文学レトリックの中に海関連の言葉が盛られていたりする場合もあります。この詩集は、広くとらえた意味での〈海〉の書と言えるでしょう。

北海道の石狩湾を前にした砂浜で若宮明彦さんととりとめもない会話を交わしたのは何年前だったでしょうか。晴れた初夏の午後、〈日本海〉と呼ぶにはあまりに地球的、野性的な波音を聴きながら、彼は美しい石を拾ってまじまじと見つめ、これはどの時代のどこそこから流れてきた漂着物です、と分析してくれました。これも何年前だったか、神奈川県の横浜港近くの中華街で食事を共にした時には、大学研究者としての学会発表の出張仕事の合間に、世界や日本の詩についてのさまざまな思いを私と語り合ってくれました。私たちはお互いにそれぞれの場で新聞の詩の選者をやったり、所属している詩誌や詩団体などの公的な役割をこなしていたり、極めて多忙という共通点をもっていたのですが、こうして緩やかに気持ちのいい詩的交流が続いてきました。そして、海を伴う互いの詩想に親しみを感じ、尊重し合いながら、太い共通の意欲を感じていて、〈いつか新しい詩の動きをいっしょにつくれたらいいですね〉といった趣旨の夢を共有していたわけです。いま、ようやく機が熟して、このアンソロジーの共同編集となりました。

この二人の編者がこれまでに特に深く関わってき

た地理的実情を反映して、今回、北海道在住の現役詩人が九名、関西在住が九名、関東在住が十八名となりました。また、貴重なことに、東北三名、中部四名、九州三名の詩世界を収録することができました。もちろん、居住地と思い入れのある場所、現実生活の舞台と詩世界の舞台は同一ではありません。ですから、このデータはあくまでご参考までにお伝えしたものです。それでもたとえば、その精神文化が対局視されることの多い北海道と関西がこうして海の詩で場を共にしているなど、文学の持つ本質的なダイナミズムの面白さではないでしょうか。ひと口に〈日本〉と言っても、アイヌから琉球まで、戦前から戦後まで、海外からのさまざまな渡来の時期と混血のありようや、文学背景をなす個人的な人生の来歴まで、自然界も文明も、多種多様なニュアンスをもつ文化がこの列島に息づいています。そして、海をとりまく事象も正負さまざまな社会的関連をもっています。それらの中のほんの一部をここにお見せしているわけですが、この世の中で詩などというものにとりつかれた人々が表現する〈海〉の世界は、深いところの何かをふるわせているでしょう。

さらにこの詩集には、二人の編者が選んだ物故詩人の名詩が二十三名分、収録されています。人口に膾炙した詩人もいれば、現代詩の世界ですぐれた詩をのこした「ツウ」な詩人もいます。その作品選択には当然のことながら編者の好みが出ています。どうして誰それがいないんだ、あの海の詩を無視するな、などとおっしゃらないで、この選択自体の個性も楽しんでいただければ幸いです。

物故詩人の詩を収録するにあたってご協力いただいた方々（若干、関係者連絡先が不明の詩人がいましたこともご理解ください）、このアンソロジーに個性的な作品を寄せてくださった現役詩人の方々、刊行前から応援してくださった各方面の方々に、心から感謝御礼申し上げます。そして、若宮明彦さん、お疲れさまでした。

この本を手にとって読んでくださり、ありがとうございます。読者それぞれの心深いところの海流に何かが触れ合えたなら本望です。夢の船でまたお会いしましょう。

石炭袋

『海の詩集』

2016年5月26日　初版発行
編　集　若宮明彦・佐相憲一
発行者　鈴木比佐雄

発行所　株式会社 コールサック社
〒173-0004　東京都板橋区板橋 2-63-4-209
電話 03-5944-3258　FAX 03-5944-3238
suzuki@coal-sack.com　http://www.coal-sack.com
郵便振替　00180-4-741802
印刷管理　（株）コールサック社　製作部

＊カバー写真　若宮明彦　＊装幀　奥川はるみ

落丁本・乱丁本はお取り替えいたします。
ISBN978-4-86435-247-5　C1092　￥1500E